新版

有趣的
韓語課
1

金家絃（김가현） 著

作者序

近年來，臺灣學習韓語的人口逐漸增加，市面上也引進了多套來自韓國的優質教材，這些教材結構完整、設計嚴謹，對韓語教育有極大的幫助。然而，在實際教學現場中，我漸漸感受到，臺灣的學習者在語言環境、教學時數與課程安排等方面，與韓國本地的教學脈絡仍有顯著的差異。因此，我希望能編寫一套更貼近臺灣學習情境、具在地化特色的教材。

本書的誕生，正是為了回應這樣的需求。特別是在臺灣的高中與部分大學，韓語課程往往僅有一學期或兩學期的學習時數，與韓國的語學堂課程架構截然不同，如何在有限的時間內有效地傳達基礎發音與初級會話內容，是本教材編排時的重要考量。

此外，過去多數教材往往將「發音」與「會話」分開編寫，使得學習者常常需要分別購買兩本書，這對想要自學的學習者而言，不僅增加經濟負擔，也容易導致學習上無法好好銜接。因此，我嘗試將發音與初級會話整合在一本教材中，使其在內容上更具統一性、系統性，也更方便教學與學習。

如果這本書能成為臺灣第一線教師在課堂規劃與教材選用上的一份助力，也能為自學者提供更友善的學習資源，那便是我最大的欣慰。

最後，感謝一直以來提供我靈感與實用建議的好友——嚴謹又充滿熱情的嚴支亨老師；也感謝出版社團隊的專業與努力，使這套教材得以順利出版，期盼它能為更多學習者打開韓語之門。

2025 年 7 月
金家絃

目次

作者序	003
如何使用本書	006
課程大綱	010

PART I 有趣的韓語發音

韓文簡介　　015

（一）世宗大王和韓文
（二）韓文的造字原理
（三）母音與子音
（四）韓文的音節結構

第一課　單母音與平音（基本子音）　　021

（一）單母音：ㅏ、ㅓ、ㅗ、ㅜ、ㅡ、ㅣ、ㅐ、ㅔ
（二）平音（基本子音）：ㄱ、ㄴ、ㄷ、ㄹ、ㅁ、ㅂ、ㅅ、ㅈ、ㅇ、ㅎ

第二課　複合母音I與激音（送氣音）　　033

（一）複合母音I：ㅑ、ㅕ、ㅛ、ㅠ、ㅒ、ㅖ
（二）激音（送氣音）：ㅋ、ㅌ、ㅍ、ㅊ

第三課　複合母音II與硬音（雙子音）　　043

（一）複合母音II：ㅘ、ㅝ、ㅙ、ㅞ、ㅚ、ㅟ、ㅢ
（二）硬音（雙子音）：ㄲ、ㄸ、ㅃ、ㅆ、ㅉ

第四課　收尾音（終聲）　　053

（一）7個代表音：ㄴ、ㅁ、ㅇ、ㄹ、ㄱ、ㄷ、ㅂ
（二）複合子音：ㄳ、ㄵ、ㄶ、ㄺ、ㄽ、ㅀ、ㄾ、ㅄ、ㄻ、ㄿ

第五課　發音規則　　061

（一）連音
（二）硬音化
（三）激音化
（四）鼻音化
（五）發音

PART II 有趣的韓語課

人物介紹	068

第一課　자기소개　自我介紹　069
- 學習目標：學習基本的問候語與自我介紹方式。
- 主要內容：問候語表達、介紹姓名與國籍、介紹職業。

第二課　일상생활　日常生活　087
- 學習目標：以現在式描述日常活動。
- 主要內容：從早到晚的日常生活。

第三課　날짜와 요일　日期與星期　107
- 學習目標：使用漢字數字表達日期與星期。
- 主要內容：讀出日期與星期、談論生日與紀念日。

第四課　위치　位置　125
- 學習目標：描述地點的位置與方向。
- 主要內容：位置表達（上、下、前、後等）、問路與指引方向。

第五課　물건사기　買東西　143
- 學習目標：使用純韓語數字進行購物。
- 主要內容：詢問價格、購買物品。

第六課　하루일과　日常作息　161
- 學習目標：用過去式描述一天的生活。
- 主要內容：描述昨天的活動、過去的經歷。

聽力腳本	181
解答	183

如何使用本書

本書分為「PART I 有趣的韓語發音」及「PART II 有趣的韓語課」兩大單元。

「PART I 有趣的韓語發音」中為韓語初學者量身打造了4大學習步驟，只要跟著一步一腳印，就能快樂又有效地學好韓語40音，還能同步累積單字、會話實力。

PART I 有趣的韓語發音

①課前說明＋書寫練習

課前說明：包含字母分類、發音說明、發音嘴型圖或口腔圖等，以圖表及圖像輔助學習、記憶，就算只看說明，也能立刻說出一口道地的韓語。

書寫練習：標示出筆順，按照筆順描著灰色範例試寫，在空白格子內反覆練習，加深印象！

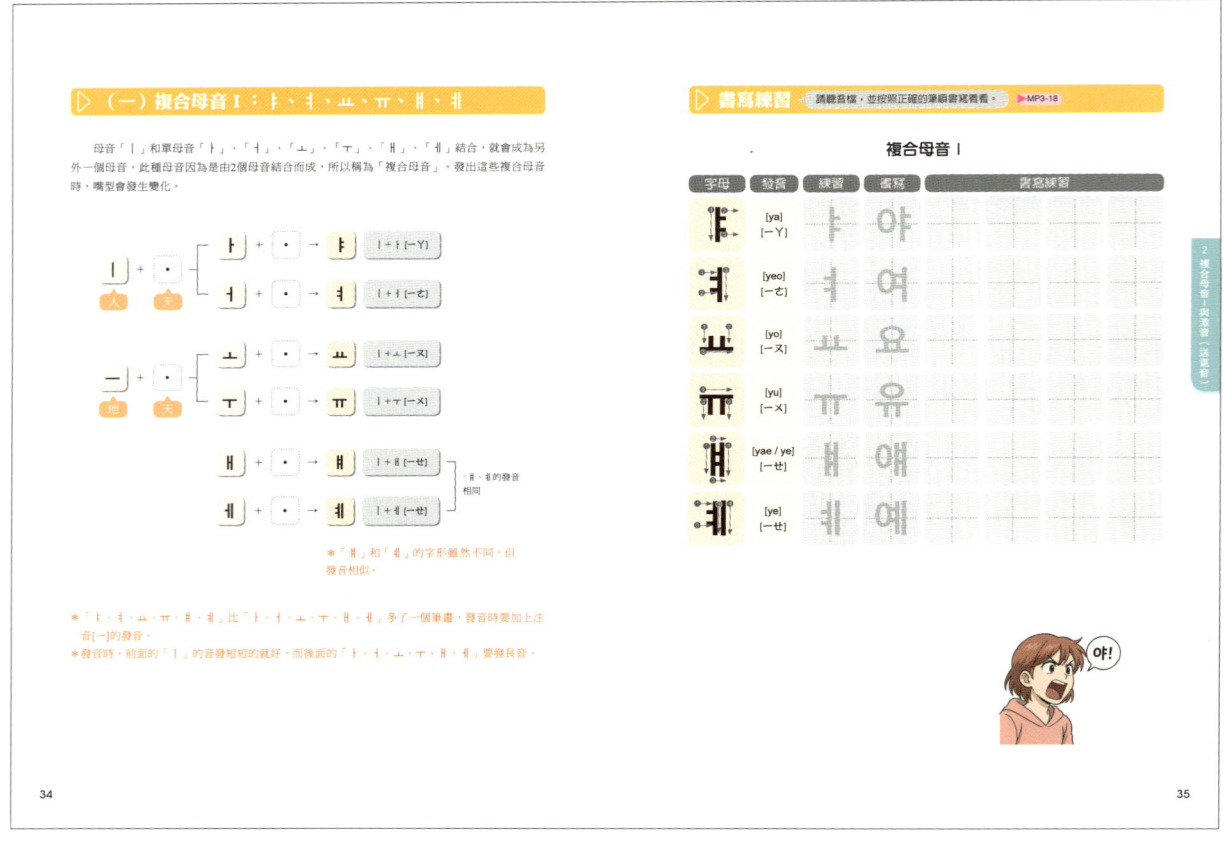

②聽聽看

在學完每一課之後，搭配音檔仔細聆聽，選出聽到的聲音。從聽出「音節」到選出「單字」，循序漸進、重複練習，亦累積字彙量，提升「聽」的能力！

▷ 練習 解答→P.163

⌘ 聽聽看

請聽音檔，並選出聽到的發音。 ▶MP3-27

___ (1) ① 가 ② 카		___ (2) ① 코 ② 초	
___ (3) ① 바 ② 파		___ (4) ① 도 ② 토	
___ (5) ① 거 ② 커		___ (6) ① 지 ② 치	

請聽音檔，並選出聽到的單字。 ▶MP3-28

___ (1)	(咖啡)	① 거피	② 커피	③ 카피
___ (2)	(火車)	① 키차	② 기자	③ 기차
___ (3)	(停車)	① 조차	② 주차	③ 추차
___ (4)	(派對)	① 파티	② 파리	③ 바티
___ (5)	(裙子)	① 지마	② 치마	③ 키마
___ (6)	(豆腐)	① 두부	② 투부	③ 두푸
___ (7)	(蛋糕)	① 게이크	② 케이크	③ 체이크
___ (8)	(冰紅茶)	① 아이스치	② 아이스키	③ 아이스티

41

③發音練習

整理出每課所學之字母，並歸納出相似發音，跟著音檔大聲朗讀，在複誦的過程中修正自己的發音，反覆練習，不再被類似的發音混淆！

⌘ 發音練習

請跟著音檔開口說說看，練習下列發音。 ▶MP3-40

ㄲ	까	꺼	끼	꺼요 關	꼬마 小孩	꼬리 尾巴
ㄱ	가	거	기	가요 去	가게 商店	가사 歌詞
ㅋ	카	커	키	커요 大	커피 咖啡	코끼리 大象
ㄸ	따	떠	띠	떠요 漂浮	따로 分開	또 再、又
ㄷ	다	더	디	더워요 熱	다리 腿	드라마 電視劇
ㅌ	타	터	티	타요 搭乘	타로 塔羅牌	토끼 兔子
ㅃ	빠	뻐	삐	바빠요 忙	뽀로로 Pororo[1]	오빠 哥哥
ㅂ	바	버	비	봐요 看	비누 肥皂	비스트 BEAST[2]
ㅍ	파	퍼	피	아파요 痛	피아노 鋼琴	배고파요 餓
ㅆ	싸	써	씨	싸요 便宜	미쓰에이 miss A[3]	씨스타 SISTAR[4]
ㅅ	사	서	시	사요 買	소녀시대 少女時代[5]	샤이니 SHINee[6]
ㅉ	짜	쩌	찌	짜요 鹹	찌세요 請蒸	찌개 湯
ㅈ	자	저	지	자요 睡	지세요 請背	지게 背架
ㅊ	차	처	치	차요 踢	치세요 請打	치마 裙子

*1. 韓國卡通人物 *2. 韓國男子團體 *3. 韓國女子團體
*4. 韓國女子團體 *5. 韓國女子團體 *6. 韓國男子團體

51

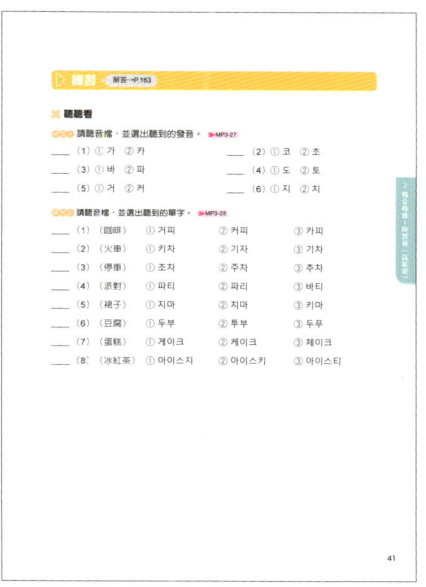

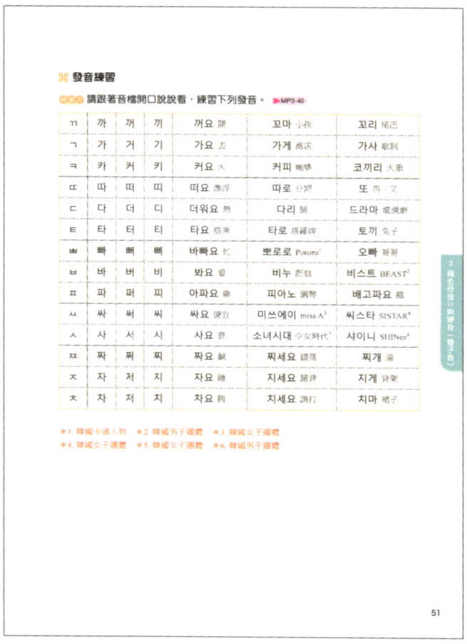

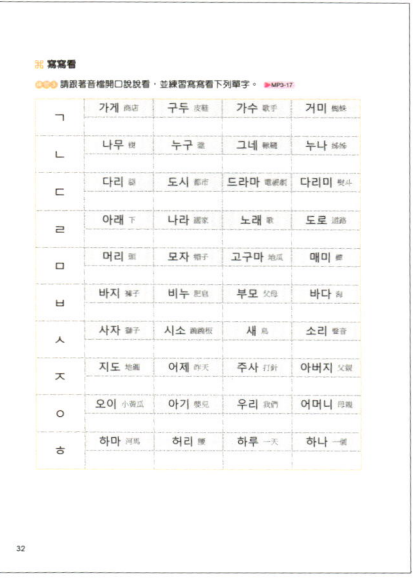

④寫寫看

讓學習者往上、往外廣泛延伸學習各類單字，內容範圍囊括食物、水果、時間、地點、身體部位、動物、稱謂、日用品等。除了將大幅提升「寫」的能力，字彙量也絕對倍速擴充！

⌘ 寫寫看

請跟著音檔開口說說看，並練習寫寫看下列單字。 ▶MP3-17

ㄱ	가게 商店	구두 皮鞋	가수 歌手	거미 蜘蛛
ㄴ	나무 樹	누구 誰	그네 鞦韆	누나 姊姊
ㄷ	다리 腿	도시 都市	드라마 電視劇	다리미 熨斗
ㄹ	아래 下	나라 國家	노래 歌	도로 道路
ㅁ	머리 頭	모자 帽子	고구마 地瓜	매미 蟬
ㅂ	바지 褲子	비누 肥皂	부모 父母	바다 海
ㅅ	사자 獅子	시소 蹺蹺板	새 鳥	소리 聲音
ㅈ	지도 地圖	어제 昨天	주사 打針	아버지 父親
ㅇ	오이 小黃瓜	아기 嬰兒	우리 我們	어머니 母親
ㅎ	하마 河馬	허리 腰	하루 一天	하나 一個

32

PART II 有趣的韓語課

「PART II 有趣的韓語課」共有5課,每課有「學習目標」、「詞彙與表達」、「文法與表現」、「聽力與會話」、「閱讀與寫作」、「發音」及「認識韓國」等7個學習步驟,並透過多樣的練習活動,帶你逐步奠定韓語基礎。

①學習目標

正式進入課程前,詳細說明該課學習目標及內容,讓學習者做好學習的準備。

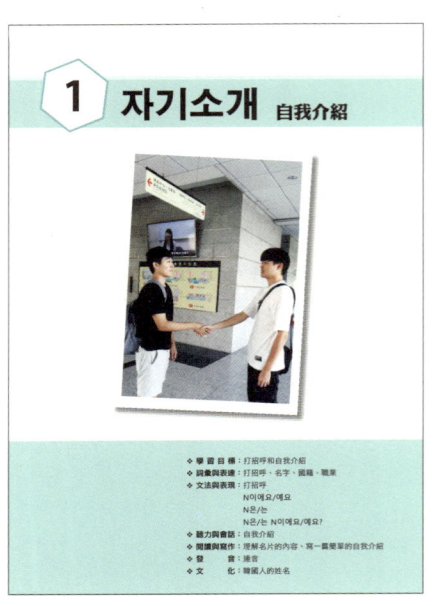

②詞彙與表達

系統性的詞彙分類,搭配練習活動與「說說看」,讓學習者學習生活上會應用到的韓語。

③文法與表現

匯集課程中出現的文法,用深入淺出的方式解說,加上例句練習,讓學習者更加熟悉文法的應用方式。

④聽力與會話

透過MP3播放，練習語彙聽力、句子聽力，讓學習者逐漸培養聽解、會話及敘述的能力。

⑤閱讀與寫作

以簡短的文章閱讀，加上練習活動，測驗學習者對文章的了解程度。而寫作練習，則用來加強文字的表達能力。

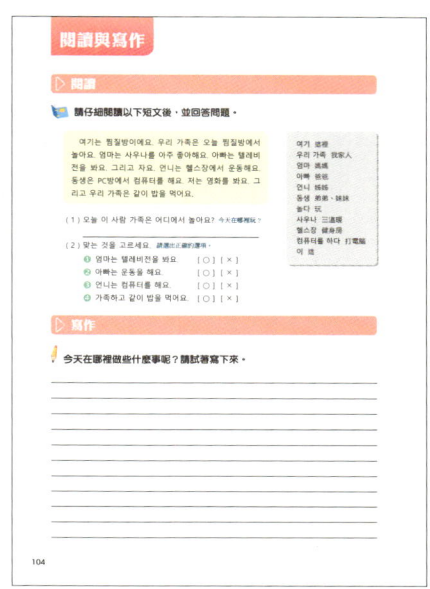

⑥發音

整理出必須區別的發音，簡單地說明發音的方法，並以單字或句子練習，讓學習者學好發音。

⑦認識韓國

介紹各課的主題與相關的韓國文化，讓學習者更加理解韓語，也可以更自然地使用韓語。

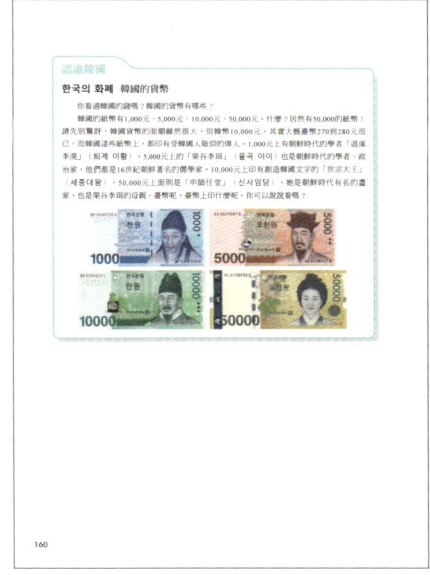

009

課程大綱

PART I 有趣的韓語發音

	課程主題
1	單母音與平音（基本子音）
2	複合母音 I 與激音（送氣音）
3	複合母音 II 與硬音（雙子音）
4	收尾音（終聲）
5	發音規則

PART II 有趣的韓語課

	單元	主題	詞彙與表達	文法與表現
1	自我介紹 자기소개	打招呼和自我介紹	・打招呼 ・名字 ・國籍 ・職業	・打招呼 ・N이에요/예요 ・N은/는 ・N은/는 N이에요/예요?
2	日常生活 일상생활	日常生活	・動詞 ・物品 ・場所	・V-아요/어요/해요 ・N을/를 ・N에서 ・안 V
3	日期與星期 날짜와 요일	日期與星期	・數字 ・日期 ・星期	・N이/가 ・몇 N ・（時間）N에 ・ㄷ不規則
4	位置 위치	物品和場所的位置	・物品 ・場所 ・位置	・N이/가 있어요/없어요 ・N에 있어요/없어요 ・N 위/아래/앞/뒤 ・N에 가요/와요
5	買東西 물건사기	購物與點菜	・數字 ・物品 ・食物	・V-(으)세요 ・N하고、와/과 ・單位N ・N도
6	日常作息 하루일과	表達時間和日常作息	・時間1 ・時間2 ・動詞	・시（時/點）、분（分） ・N부터 N까지 ・V-았어요 / 었어요 / 했어요 ・V고

課程內容

單母音：ㅏ、ㅓ、ㅗ、ㅜ、ㅡ、ㅣ、ㅐ、ㅔ 平音：ㄱ、ㄴ、ㄷ、ㄹ、ㅁ、ㅂ、ㅅ、ㅈ、ㅇ、ㅎ
複合母音：ㅑ、ㅕ、ㅛ、ㅠ、ㅒ、ㅖ 送氣音：ㅋ、ㅌ、ㅍ、ㅊ
複合母音：ㅘ、ㅝ、ㅙ、ㅞ、ㅚ、ㅟ、ㅢ 雙子音：ㄲ、ㄸ、ㅃ、ㅆ、ㅉ
7個代表音：ㄴ、ㅁ、ㅇ、ㄹ、ㄱ、ㄷ、ㅂ 複合子音：ㄳ、ㄵ、ㄶ、ㄺ、ㄽ、ㅀ、ㄾ、ㅄ、ㄺ、ㄻ、ㄿ
連音、硬音化、激音化、鼻音化、 發音

聽力與會話	閱讀與寫作	發音	認識韓國
・關於國籍與職業的簡單的對話 ・交換名片互相打招呼	・閱讀自我介紹的文章 ・寫一篇簡單的自我介紹	連音	韓國人的姓名
・日常活動的表達 ・詢問今天的計畫 ・討論現在做的事情	・閱讀關於行程的文章 ・寫一篇介紹一天行程的文章	硬音化	韓國的「房」文化
・日期與星期的表達 ・詢問計畫 ・描述一天所做的事情	・閱讀關於韓國紀念日的文章 ・寫一篇日記	ㄹ的鼻音化	韓國的公休日
・關於目的地的對話 ・討論物品的位置	・閱讀介紹家和學校位置的文章 ・寫一篇介紹家或學校的文章	尾音ㄴ、ㅁ、ㅇ	首爾景點
・關於商店買東西的對話 ・關於在餐廳點菜的對話	・閱讀菜單與招牌 ・寫一篇關於自己的飲食生活的文章	激音化	韓國的貨幣
・談論每天做的事情	・閱讀生活作息表 ・寫一篇日常作息的文章	몇的發音	韓國人的24小時

如何掃描 QR Code 下載音檔

1. 以手機內建的相機或是掃描 QR Code 的 App 掃描封面的 QR Code
2. 點選「雲端硬碟」的連結之後,進入音檔清單畫面,接著點選畫面右上角的「三個點」。
3. 點選「新增至「已加星號」專區」一欄,星星即會變成黃色或黑色,代表加入成功。
4. 開啟電腦,打開您的「雲端硬碟」網頁,點選左側欄位的「已加星號」。
5. 選擇該音檔資料夾,點滑鼠右鍵,選擇「下載」,即可將音檔存入電腦。

PART I 有趣的韓語發音

韓文簡介

第一課　單母音與平音（基本子音）

第二課　複合母音I與激音（送氣音）

第三課　複合母音II與硬音（雙子音）

第四課　收尾音（終聲）

第五課　發音規則

前言

韓文簡介

> **學習內容**
>
> （一）世宗大王和韓文
>
> （二）韓文的造字原理
>
> （三）母音與子音
>
> （四）韓文的音節結構

▷（一）世宗大王和韓文

朝鮮王朝第四代王世宗大王創制了韓文「한글」（Hangeul）。韓文源於《훈민정음》（訓民正音，1446年），在1894年首次被使用於官方文件上，從此亦成為了韓國的官方字母系統，也被稱為「한글」（Hangeul）。

在韓文創制之前，韓國使用的是中國漢字，但是由於平民百姓們無法書寫漢字表達自己的想法，於是世宗大王為了讓平民百姓也都能使用文字溝通，創制了容易書寫的韓文。

御製訓民正音
國之語音。異乎中國。與文字不相流通。故愚民有所欲言。而終不得伸其情者多矣。予為此憫然。新制二十八字，欲使人人易習便於日用耳。
ㄱ。牙音。如君字初發聲。並書。

《訓民正音解例本》
解釋創制韓文（訓民正音）的理由和其使用方法

▷（二）韓文的造字原理

韓文以母音及子音構成，而母音會與子音結合形成一個音節。母音是根據「天、地、人」三才的觀念所創制；子音則是源自於嘴唇、舌頭、喉嚨與牙齒等發音器官的形狀。

1. 母音的造字原理：「三才」天（·）、地（一）、人（ㅣ）

太陽從東邊升起	太陽在西邊落下	太陽升起	太陽下山
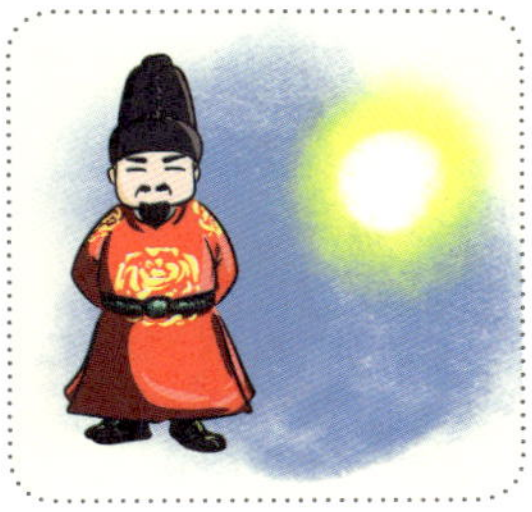 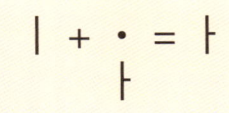			
陽	陰	陽	陰
ㅣ + · = ㅏ	· + ㅣ = ㅓ	· + ㅡ = ㅗ	ㅡ + · = ㅜ

2. 子音的造字原理：

模仿發音器官之形狀，創制了「ㄱ、ㄴ、ㅁ、ㅅ、ㅇ」這5個子音，在這5個基本子音中添加筆畫，就會形成另外一個子音，以此為基礎，創制了19個子音。

	牙音	舌音	唇音	齒音	喉音
說明	像是舌根塞住喉嚨的樣子	像是舌頭頂住上齦的樣子	像是嘴型的樣子	像是上下排牙齒的樣子	像是喉嚨的樣子
模仿之發音器官					
基本字	ㄱ	ㄴ	ㅁ	ㅅ	ㅇ
增加筆畫後的字	ㄱ ㅋ	ㄴ ㄷ ㅌ	ㅁ ㅂ ㅍ	ㅅ ㅈ ㅊ	ㅇ ㆆ ㅎ

▷（三）母音與子音

- 母音（21）
  - 單母音（8）：ㅏ、ㅓ、ㅗ、ㅜ、ㅡ、ㅣ、ㅐ、ㅔ（ㅚ、ㅟ）＊
  - 複合母音（13）：ㅑ、ㅕ、ㅛ、ㅠ、ㅒ、ㅖ
    ㅘ、ㅝ、ㅙ、ㅞ、ㅚ、ㅟ、ㅢ

- 子音（19）
  - 平音（基本子音）（10）：ㄱ、ㄴ、ㄷ、ㄹ、ㅁ、ㅂ、ㅅ、ㅈ、ㅇ、ㅎ
  - 激音（送氣音）（4）：ㅋ、ㅌ、ㅍ、ㅊ
  - 硬音（雙子音）（5）：ㄲ、ㄸ、ㅃ、ㅆ、ㅉ

＊根據韓國的「標準發音法」，母音「ㅚ」和「ㅟ」屬於單母音，但在現代韓語中，其發音方式已經由單母音變成複合母音，尤其是年輕世代，已經把這二個母音發成複合母音。

　　韓文共有21個母音與19個子音，母音又分為單母音及複合母音。發音時，從頭到尾嘴型皆不變的稱為「單母音」，發單母音時需維持不變的嘴型；「複合母音」通常是結合2個單母音所發出的聲音，所以發音時嘴型或舌位會發生變化。

　　基本子音中「ㄱ、ㄴ、ㅁ、ㅅ、ㅇ」這5個基本子音左右寫二次就會變成雙子音（雙子音共5個），另外，子音也可根據發音時送氣的強弱，分為平音、激音及硬音。

　　母音可以單獨當成一個完整的字，母音的發音就是該母音的名稱，但子音無法單獨使用，一定要和母音結合才能成為一個字，因此可以將韓文與中文做比較，韓文的母音像中文的韻母，子音則像是聲母。

▷（四）韓文的音節結構

　　韓文由子音與母音組成一個音節，一個音節即代表一個字。一個字的組合方式有以下四種方法：通常會由3個子母音組成一個字，按照發聲順序位置稱作「初聲」、「中聲」、「終聲」。

（1）母音：母音單獨構成一個字。如 아、어、오、우、으、이
（2）子音（初聲）＋母音（中聲）：如 가、너、모、수、그、니
（3）母音（中聲）＋子音（終聲）：母音下面寫子音。如 악、언、옴、응、임
（4）子音（初聲）＋母音（中聲）＋子音（終聲）：如 간、넘、물、송、는、님

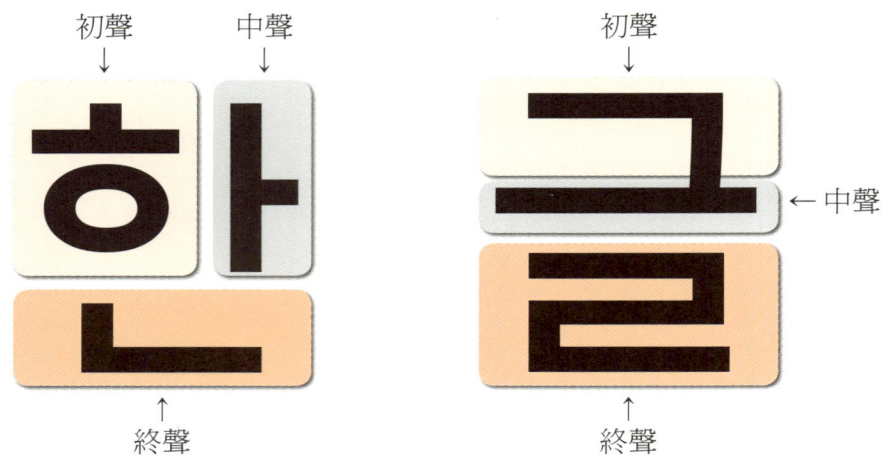

第一課

單母音與平音（基本子音）

學習內容

（一）單母音：ㅏ、ㅓ、ㅗ、ㅜ、ㅡ、ㅣ、ㅐ、ㅔ

（二）平音（基本子音）：ㄱ、ㄴ、ㄷ、ㄹ、ㅁ、ㅂ、ㅅ、ㅈ、ㅇ、ㅎ

▷ （一）單母音：ㅏ、ㅓ、ㅗ、ㅜ、ㅡ、ㅣ、ㅐ、ㅔ

母音可以單獨構成一個字，但書寫時需要和不發音的子音「ㅇ」組合在一起。每一個母音的名稱即為該母音的讀音。

嘴型示意圖

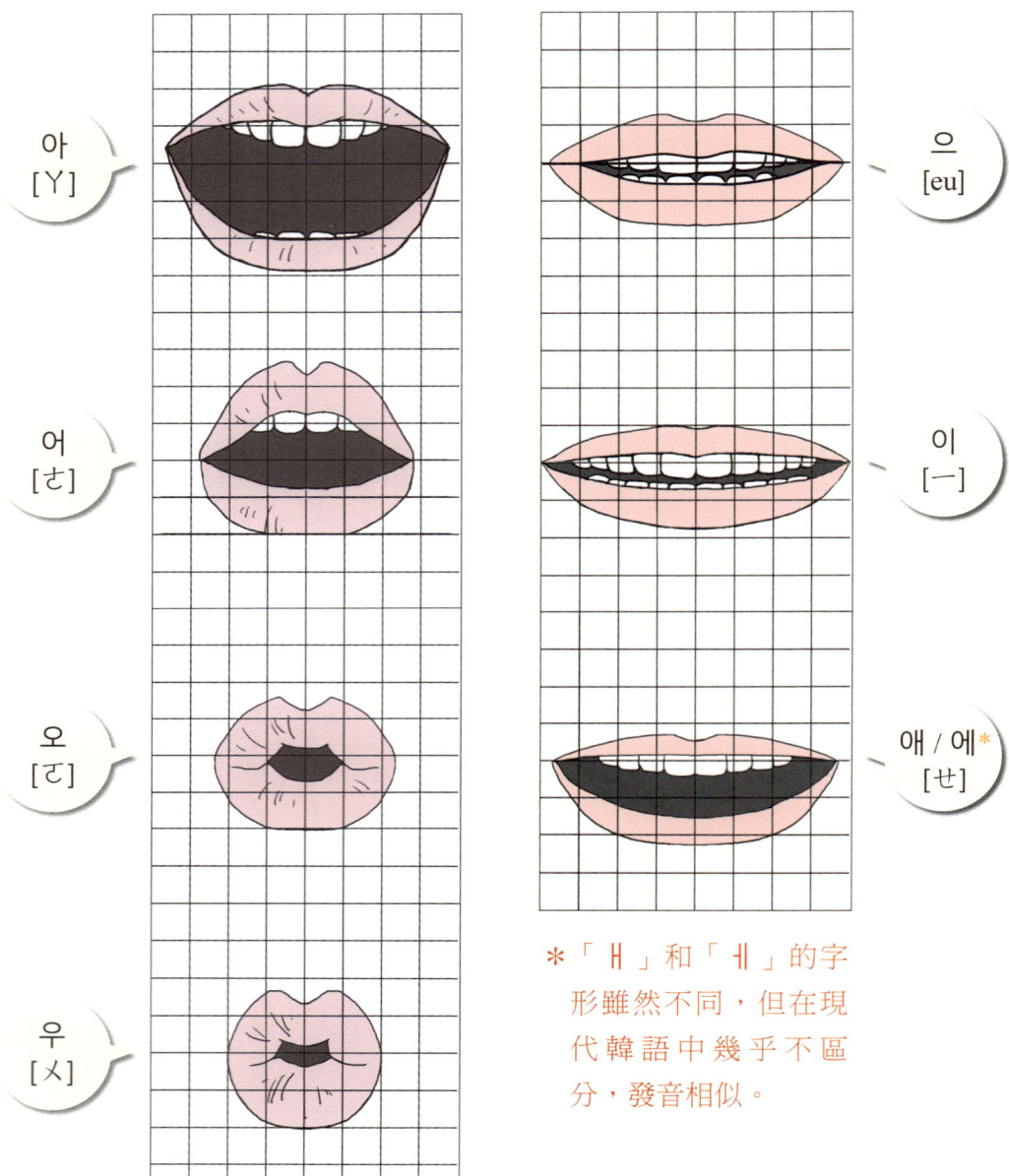

＊「ㅐ」和「ㅔ」的字形雖然不同，但在現代韓語中幾乎不區分，發音相似。

書寫練習
請聽音檔，並按照正確的筆順書寫看看。

單母音

字母	發音	練習	書寫	書寫練習
ㅏ	[a] [ㄚ]	ㅏ	아	
ㅓ	[eo] [ㄛ]	ㅓ	어	
ㅗ	[o] [ㄛ]	ㅗ	오	
ㅜ	[u] [ㄨ]	ㅜ	우	
ㅡ	[eu]	ㅡ	으	
ㅣ	[i] [一]	ㅣ	이	
ㅐ	[ae / e] [ㄝ]	ㅐ	애	
ㅔ	[e] [ㄝ]	ㅔ	에	

＊不同的語言，發音當然不盡相同，本表所列出的注音符號及羅馬字表記法，與韓文並不是完全相同的，只是用類似的發音輔助說明及幫助學習記憶。

▷ 練習　解答→P.183

⊞ 聽聽看

練習1　請聽音檔，並選出聽到的發音。　▶MP3-02

____（1）① 아　② 어　　　　____（2）① 오　② 우
____（3）① 으　② 이　　　　____（4）① 어　② 오
____（5）① 어　② 우　　　　____（6）① 이　② 애
____（7）① 아　② 으　　　　____（8）① 에　② 어

練習2　請聽音檔，並選出聽到的發音。　▶MP3-03

____（1）① 어오　② 어우　　____（2）① 으아　② 으이
____（3）① 애에　② 이에　　____（4）① 오어　② 오우
____（5）① 오애　② 우애　　____（6）① 아오　② 아우
____（7）① 오이　② 어이　　____（8）① 오어　② 우어

⊞ 寫寫看

練習3　請跟著音檔開口說說看，並練習寫寫看下列單字。　▶MP3-04

 아우

 오이

 아이

 에이

(二) 平音（基本子音）：ㄱ、ㄴ、ㄷ、ㄹ、ㅁ、ㅂ、ㅅ、ㅈ、ㅇ、ㅎ

按照發音時送氣的強弱，韓文的子音可以分成三個種類：第一種是10個平音（基本子音）、第二種是4個激音（送氣音）、第三種是5個硬音（雙子音），共19個子音。每一個子音都是根據嘴唇、牙齒、舌頭或喉嚨等不同的發音器官位置，而發出不同的聲音。

在最基本的5個子音「ㄱ（牙音）」、「ㄴ（舌音）」、「ㅁ（唇音）」、「ㅅ（齒音）」、「ㅇ（喉音）」，再加上新的筆畫，就會形成另外一個子音。子音無法單獨發音，一定要和母音搭配使用，才能形成一個完整的音節。

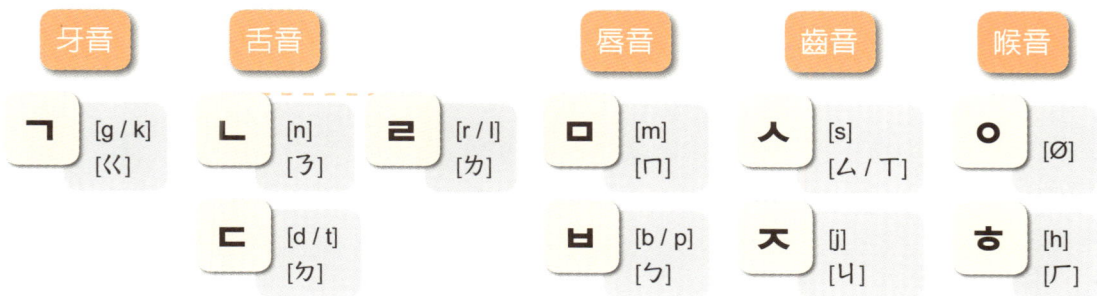

如上表，5個子音可以衍生出其他子音，增加筆畫就代表強調音，同一系列的子音會在相同位置發出聲音。

▷ 書寫練習　請聽音檔，並按照正確的筆順書寫看看。

1. 牙音：

子音「ㄱ」的發音，接近注音符號「ㄍ」，其發音有時候類似英文「g」有時候類似英文「k」，聽起來像是介於「g」與「k」之間的音。

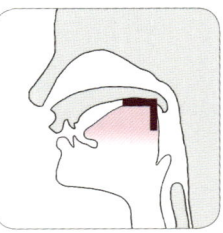

▶MP3-05

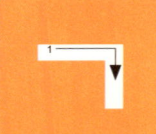  

ㄱ	ㅏ	ㅓ	ㅗ	ㅜ	ㅡ	ㅣ	ㅐ	ㅔ
	가	거	고	구	그	기	개	게

2. 舌音：

子音「ㄴ」的發音，接近注音符號「ㄋ」，也類似英文「n」的發音。

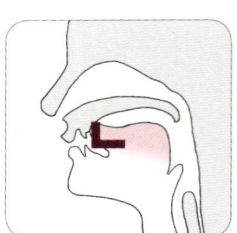

▶MP3-06

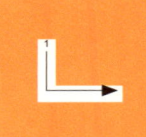  

ㄴ	ㅏ	ㅓ	ㅗ	ㅜ	ㅡ	ㅣ	ㅐ	ㅔ
	나	너	노	누	느	니	내	네

子音「ㄷ」的發音，接近注音符號「ㄉ」，其發音有時候類似英文「d」有時候類似英文「t」，聽起來像是介於「d」與「t」之間的音。

子音「ㄹ」的發音，接近注音符號「ㄌ」，也類似英文「r」或「l」的發音。

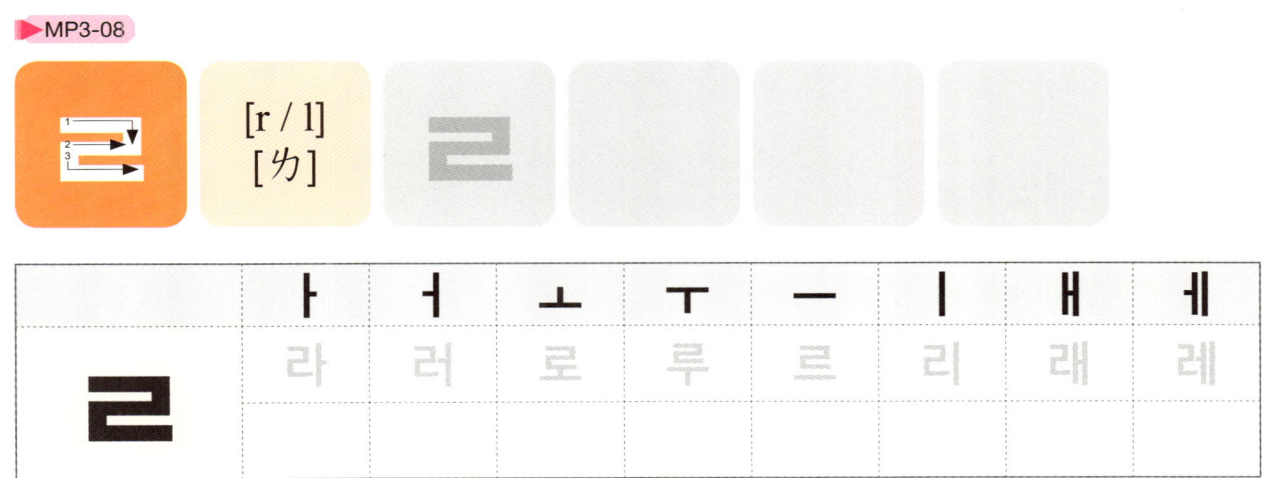

3. 唇音：

子音「ㅁ」的發音，接近注音符號「ㄇ」，也類似英文「m」的發音。

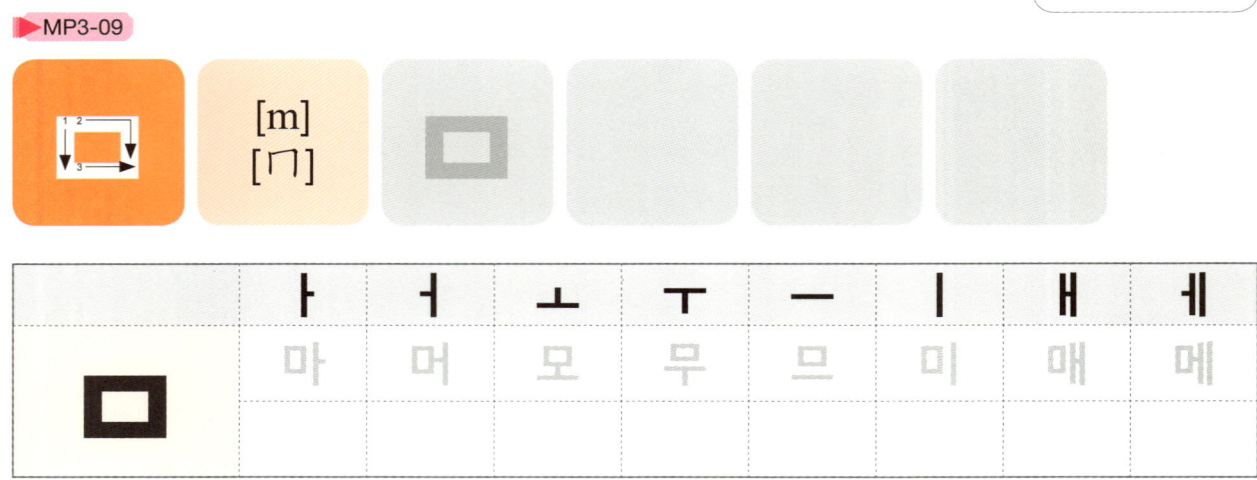

子音「ㅂ」的發音，接近注音符號「ㄅ」，其發音有時候類似英文「b」有時候類似英文「p」，聽起來像是介於「b」與「p」之間的音。

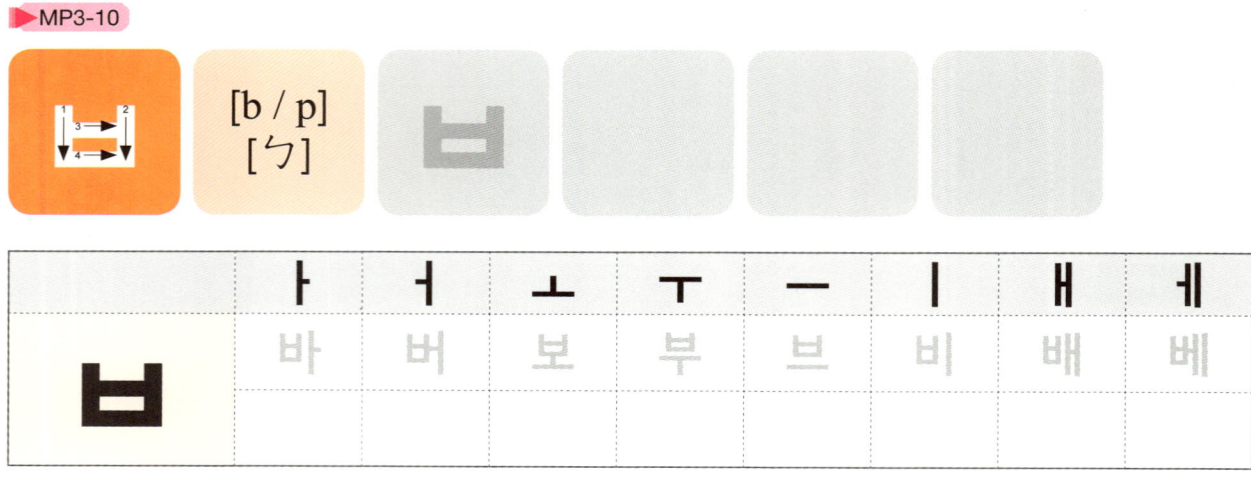

4. 齒音：

子音「ㅅ」的發音，接近注音符號「ㄙ」，也類似英文「s」的發音，但「ㅅ」後面的音節若為母音「ㅣ」時，其發音會較接近注音「ㄒ」。

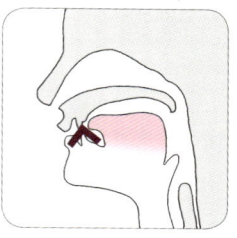

▶MP3-11

子音「ㅈ」的發音，接近注音符號「ㄐ」，但其發音有時候類似「ㄐ」有時候會類似「ㄑ」，聽起來像是介於「ㄐ」與「ㄑ」之間的音，也類似英文「j」的發音。

▶MP3-12

＊此子音還有另一種寫法是「ㅈ」，這種字常見於手寫字體，而上面的寫法屬於印刷體。

5. 喉音：

子音「ㅇ」的形狀，是模仿喉嚨的樣子，為打開嘴巴自然發出來的聲音，所以通常會放在母音前面，表示無聲音。雖然表示不發音，但當作收尾音時，會發類似英文「ng」的發音。

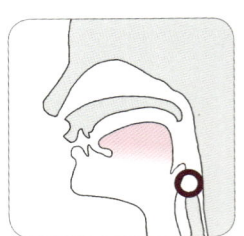

MP3-13

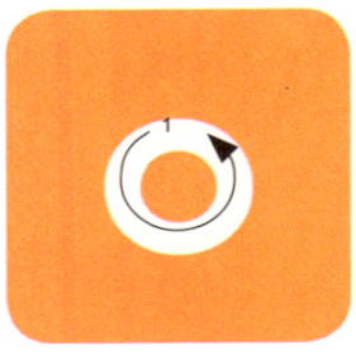

[Ø]

ㅇ

	ㅏ	ㅓ	ㅗ	ㅜ	ㅡ	ㅣ	ㅐ	ㅔ
ㅇ	아	어	오	우	으	이	애	에

子音「ㅎ」的發音，接近注音符號「ㄏ」，也類似英文「h」的發音。

MP3-14

[h]
[ㄏ]

ㅎ

	ㅏ	ㅓ	ㅗ	ㅜ	ㅡ	ㅣ	ㅐ	ㅔ
ㅎ	하	허	호	후	흐	히	해	헤

＊此子音還有另一種寫法是「ㅎ」，這種字常見於手寫字體，而上面的寫法屬於印刷

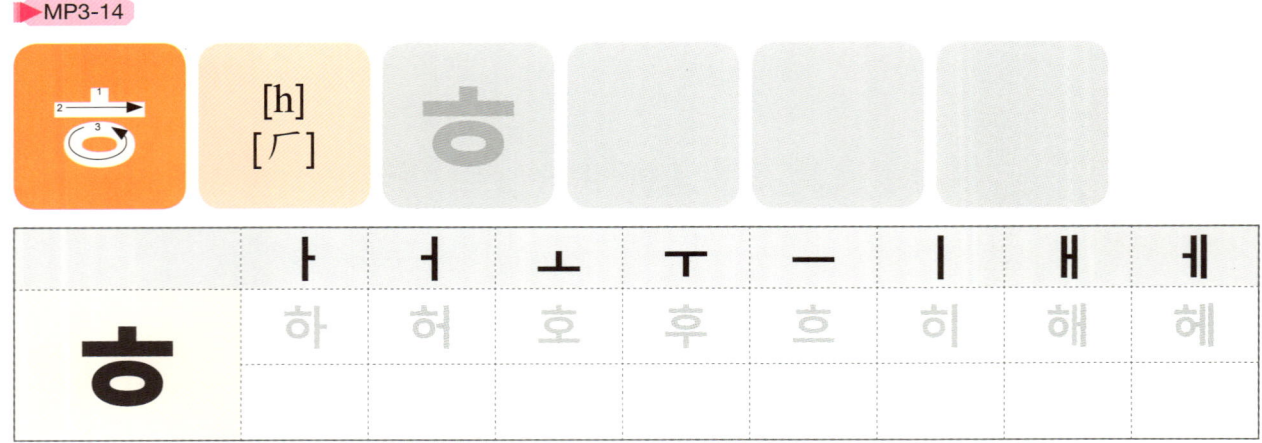

▷ 練習　解答→P.183

⊞ 聽聽看

練習1 請聽音檔，並選出聽到的發音。 ▶MP3-15

____ (1) ① 고　② 구　　　　____ (2) ① 너　② 노
____ (3) ① 다　② 더　　　　____ (4) ① 로　② 러
____ (5) ① 무　② 부　　　　____ (6) ① 대　② 래
____ (7) ① 시　② 지　　　　____ (8) ① 소　② 서
____ (9) ① 부　② 버　　　　____ (10) ① 호　② 후
____ (11) ① 조　② 저　　　　____ (12) ① 새　② 해

練習2 請聽音檔，並選出聽到的單字。 ▶MP3-16

____ (1) （肉）　　① 고기　　② 거기　　③ 구기
____ (2) （地圖）　① 지두　　② 지더　　③ 지도
____ (3) （母親）　① 아머니　② 어머나　③ 어머니
____ (4) （歌手）　① 가수　　② 고수　　③ 거수
____ (5) （皮鞋）　① 거두　　② 고두　　③ 구두
____ (6) （頭）　　① 머리　　② 모리　　③ 무리
____ (7) （帽子）　① 머자　　② 모자　　③ 무자
____ (8) （腿）　　① 다리　　② 도리　　③ 더리
____ (9) （肥皂）　① 비노　　② 비누　　③ 비너
____ (10) （父母）　① 보모　　② 부모　　③ 부머
____ (11) （歌）　　① 너래　　② 노래　　③ 누래
____ (12) （下午）　① 오호　　② 오후　　③ 어후

⌘ 寫寫看

練習 3 請跟著音檔開口說說看，並練習寫寫看下列單字。　▶MP3-17

ㄱ	가게 商店	구두 皮鞋	가수 歌手	거미 蜘蛛
ㄴ	나무 樹	누구 誰	그네 鞦韆	누나 姊姊
ㄷ	다리 腿	도시 都市	드라마 電視劇	다리미 熨斗
ㄹ	아래 下	나라 國家	노래 歌	도로 道路
ㅁ	머리 頭	모자 帽子	고구마 地瓜	매미 蟬
ㅂ	바지 褲子	비누 肥皂	부모 父母	바다 海
ㅅ	사자 獅子	시소 蹺蹺板	새 鳥	소리 聲音
ㅈ	지도 地圖	어제 昨天	주사 打針	아버지 父親
ㅇ	오이 小黃瓜	아기 嬰兒	우리 我們	어머니 母親
ㅎ	하마 河馬	허리 腰	하루 一天	하나 一個

第二課

複合母音I與激音（送氣音）

學習內容

（一）複合母音I：ㅑ、ㅕ、ㅛ、ㅠ、ㅒ、ㅖ

（二）激音（送氣音）：ㅋ、ㅌ、ㅍ、ㅊ

（一）複合母音 I：ㅑ、ㅕ、ㅛ、ㅠ、ㅒ、ㅖ

　　母音「ㅣ」和單母音「ㅏ」、「ㅓ」、「ㅗ」、「ㅜ」、「ㅐ」、「ㅔ」結合，就會成為另外一個母音，此種母音因為是由2個母音結合而成，所以稱為「複合母音」。發出這些複合母音時，嘴型會發生變化。

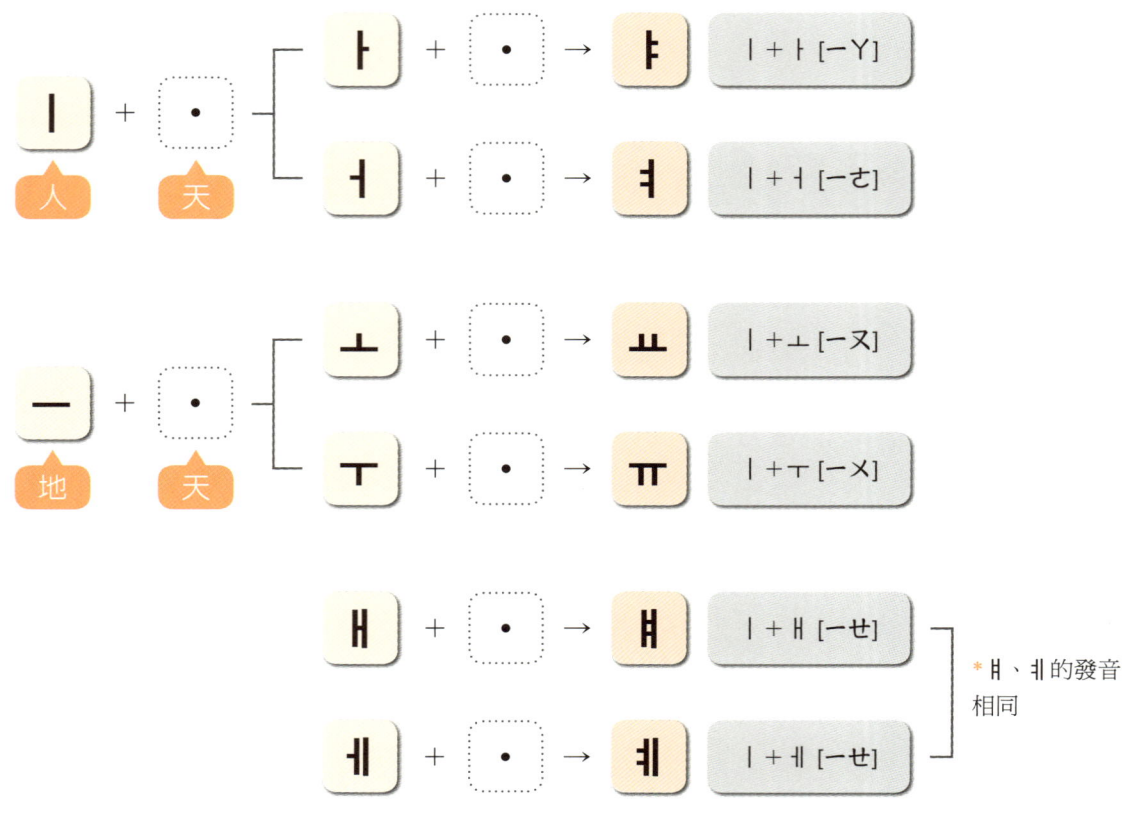

＊「ㅐ」和「ㅖ」的字形雖然不同，但發音相似。

＊「ㅑ、ㅕ、ㅛ、ㅠ、ㅒ、ㅖ」比「ㅏ、ㅓ、ㅗ、ㅜ、ㅐ、ㅔ」多了一個筆畫，發音時要加上注音[一]的發音。
＊發音時，前面的「ㅣ」的音發短短的就好，而後面的「ㅏ、ㅓ、ㅗ、ㅜ、ㅐ、ㅖ」要發長音。

書寫練習
請聽音檔，並按照正確的筆順書寫看看。 ▶MP3-18

複合母音 I

字母	發音	練習	書寫	書寫練習
ㅑ	[ya] [一ㄚ]	ㅑ	야	
ㅕ	[yeo] [一ㄛ]	ㅕ	여	
ㅛ	[yo] [一ㄡ]	ㅛ	요	
ㅠ	[yu] [一ㄨ]	ㅠ	유	
ㅒ	[yae / ye] [一ㄝ]	ㅒ	얘	
ㅖ	[ye] [一ㄝ]	ㅖ	예	

야!

▷ 練習   解答→P.183

⊞ 聽聽看

練習1 請聽音檔，並選出聽到的發音。 ▶MP3-19

____ （1）① 아　② 야　　　____ （2）① 어　② 여
____ （3）① 오　② 요　　　____ （4）① 우　② 유
____ （5）① 에　② 예　　　____ （6）① 요　② 유
____ （7）① 애　② 얘　　　____ （8）① 야　② 여

練習2 請聽音檔，並選出聽到的單字。 ▶MP3-20

____ （1）① 야구 棒球　　② 요구 要求
____ （2）① 여유 悠閒　　② 여우 狐狸
____ （3）① 여가 休閒　　② 요가 瑜珈
____ （4）① 여기 這裡　　② 요기 這裡
____ （5）① 요리 烹飪　　② 유리 玻璃
____ （6）① 얘기 講話　　② 애기 嬰兒

⊞ 發音練習

練習3 請跟著音檔開口說說看，練習下列發音。 ▶MP3-21

아	어	오	우	애	에
야	여	요	유	얘	예
야구 棒球	여우 狐狸	요리 烹飪	유아 幼兒	얘기 講話	예리 銳利
이야기 講話	여기 這裡	교수 教授	뉴스 新聞	걔 那個孩子	기계 機器

036

寫寫看

練習 4 請跟著音檔開口說說看,並練習寫寫看下列單字。 ▶MP3-22

	야구		여자
	요가		교수
	우유		메뉴
	휴지		뉴스
	얘기		시계

2 複合母音─與激音(送氣音)

037

（二）激音（送氣音）：ㅋ、ㅌ、ㅍ、ㅊ

激音（送氣音）「ㅋ」、「ㅌ」、「ㅍ」、「ㅊ」比平音（基本子音）「ㄱ」、「ㄷ」、「ㅂ」、「ㅈ」多一個筆畫，代表在發音的時候，要有比平音更用力地發出氣聲的感覺。平音「ㄱ」、「ㄷ」、「ㅂ」、「ㅈ」發音時，只會吐出微氣，相對地激音「ㅋ」、「ㅌ」、「ㅍ」、「ㅊ」發音時，需要用力地送氣。

激音「ㅋ」、「ㅌ」、「ㅍ」、「ㅊ」的發音和注音符號「ㄎ」、「ㄊ」、「ㄆ」、「ㄔ」類似，但發音時會更用力，並噴出大量的空氣。

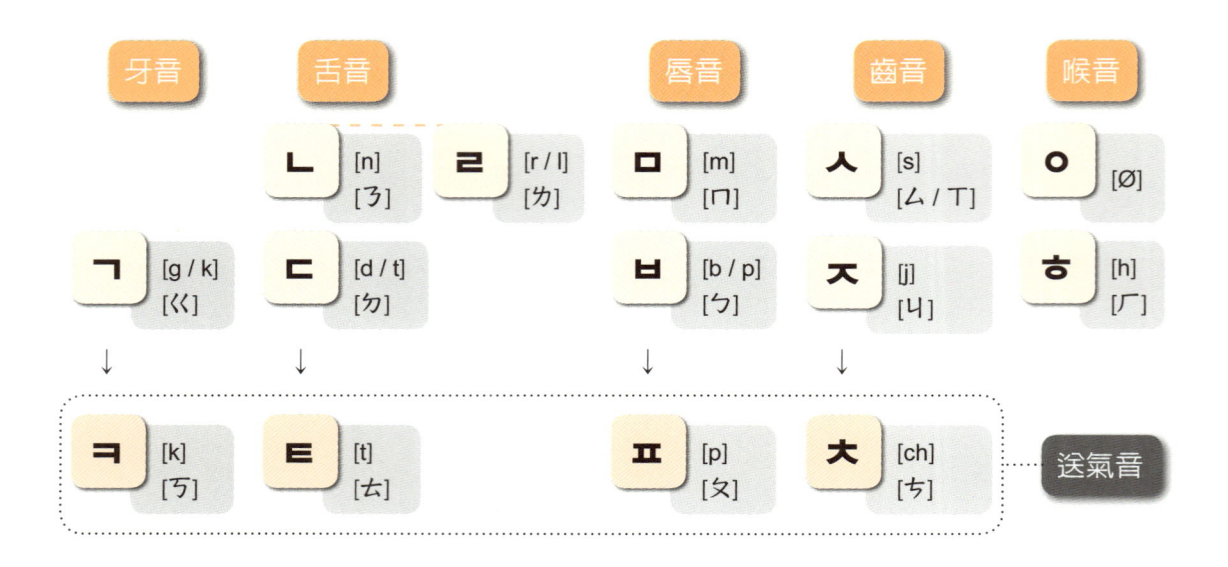

牙音	舌音		唇音	齒音	喉音
	ㄴ [n] [ㄋ]	ㄹ [r/l] [ㄌ]	ㅁ [m] [ㄇ]	ㅅ [s] [ㄙ/ㄒ]	ㅇ [Ø]
ㄱ [g/k] [ㄍ]	ㄷ [d/t] [ㄉ]		ㅂ [b/p] [ㄅ]	ㅈ [j] [ㄐ]	ㅎ [h] [ㄏ]
↓	↓		↓	↓	
ㅋ [k] [ㄎ]	ㅌ [t] [ㄊ]		ㅍ [p] [ㄆ]	ㅊ [ch] [ㄔ]	送氣音

★ 請拿一張衛生紙，測試看看發音強度是否正確！

首先將衛生紙舉起，擺放在靠近嘴巴前面的位置，並試著發出「바」音和「파」音。發「바」音時，要使衛生紙稍微擺動；但發「파」音時，要使衛生紙向前大幅擺動。

▷ 書寫練習　請聽音檔，並按照正確的筆順書寫看看。

1. 牙音：

子音「ㅋ」的發音，接近注音符號「ㄎ」，也類似英文「k」的發音。

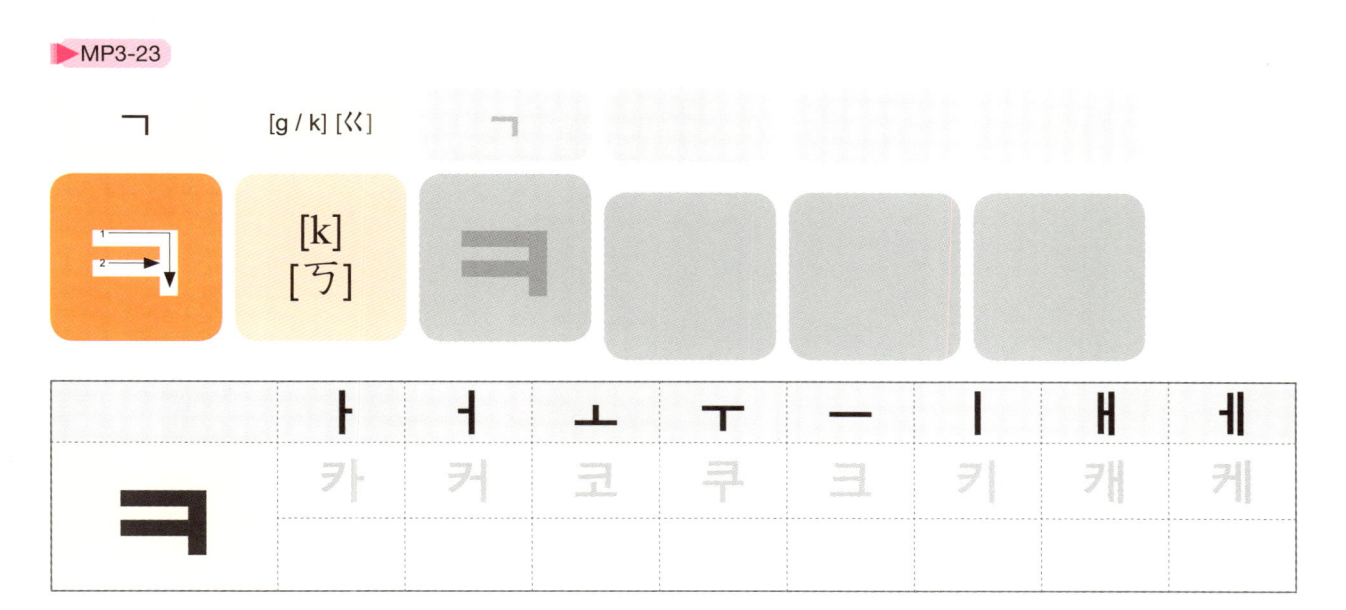

▶MP3-23

ㄱ　　[g / k] [ㄍ]　　ㄱ

[k]
[ㄎ]　　ㅋ

	ㅏ	ㅓ	ㅗ	ㅜ	ㅡ	ㅣ	ㅐ	ㅔ
ㅋ	카	커	코	쿠	크	키	캐	케

2. 舌音：

子音「ㅌ」的發音，接近注音符號「ㅌ」，也類似英文「t」的發音。

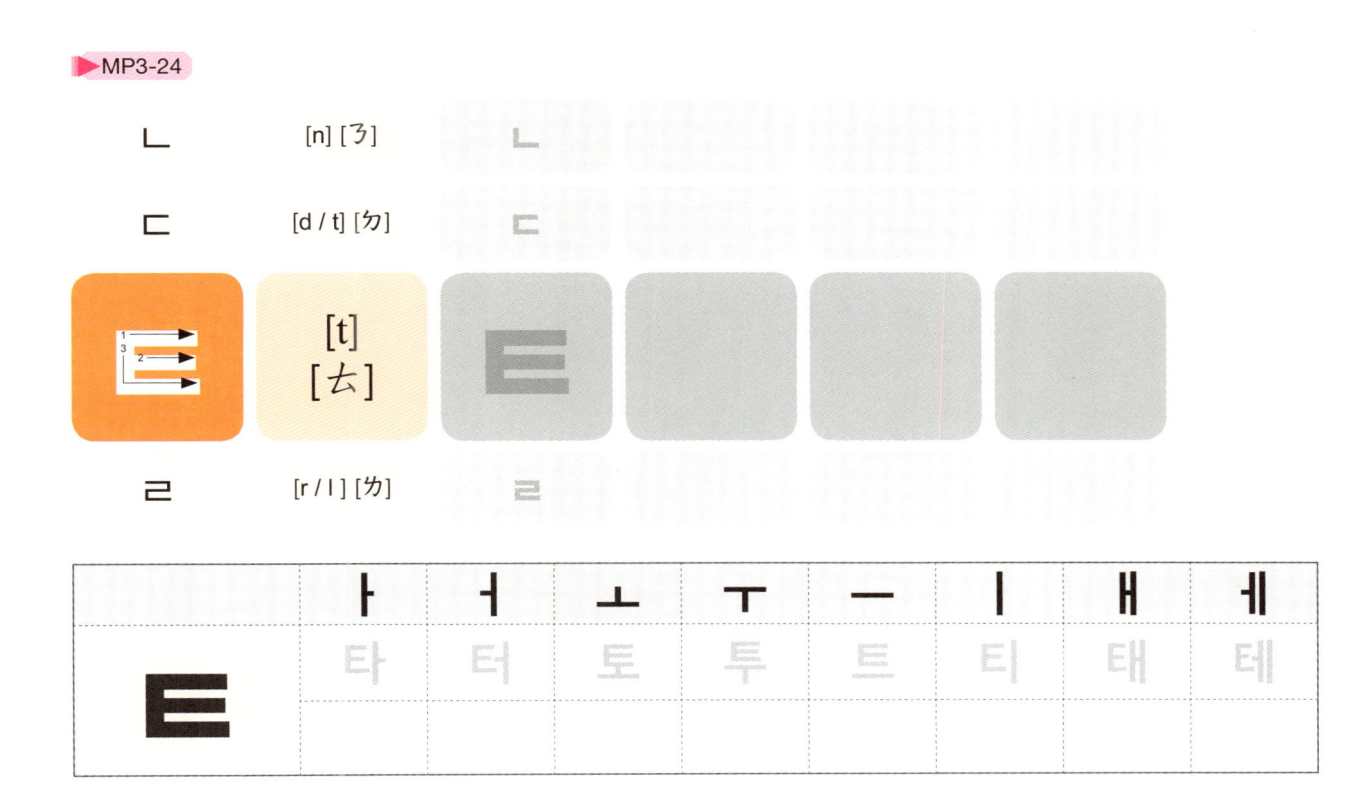

▶MP3-24

ㄴ　　[n] [ㄋ]　　ㄴ

ㄷ　　[d / t] [ㄷ]　　ㄷ

[t]
[ㅌ]　　ㅌ

ㄹ　　[r / l] [ㄹ]

	ㅏ	ㅓ	ㅗ	ㅜ	ㅡ	ㅣ	ㅐ	ㅔ
ㅌ	타	터	토	투	트	티	태	테

2 複合母音―與激音（送氣音）

039

3. 唇音：

子音「ㅍ」的發音，接近注音符號「ㄆ」，也類似英文「p」的發音。

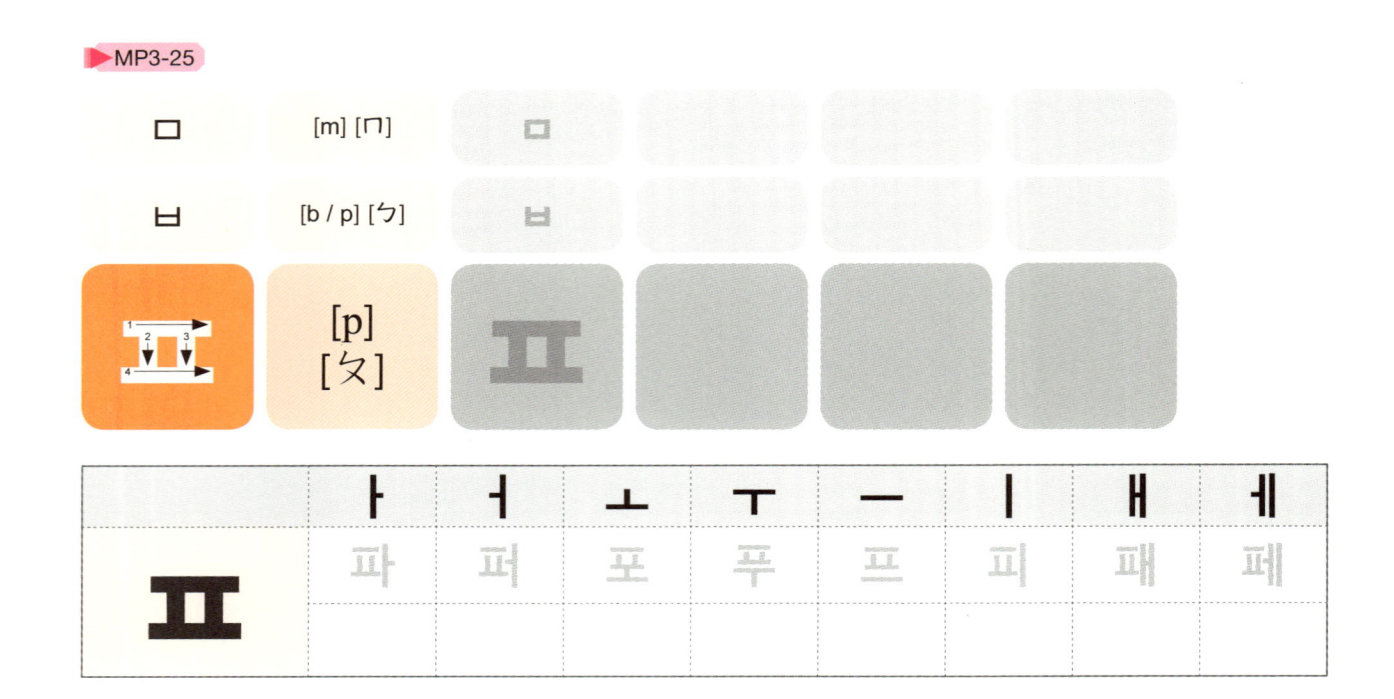

▶MP3-25

ㅁ	[m] [ㄇ]	ㅁ
ㅂ	[b / p] [ㄅ]	ㅂ
ㅍ	[p] [ㄆ]	ㅍ

ㅍ	ㅏ	ㅓ	ㅗ	ㅜ	ㅡ	ㅣ	ㅐ	ㅔ
	파	퍼	포	푸	프	피	패	페

4. 齒音：

子音「ㅊ」的發音，接近注音符號「ㄘ」，也類似英文「ch」的發音。

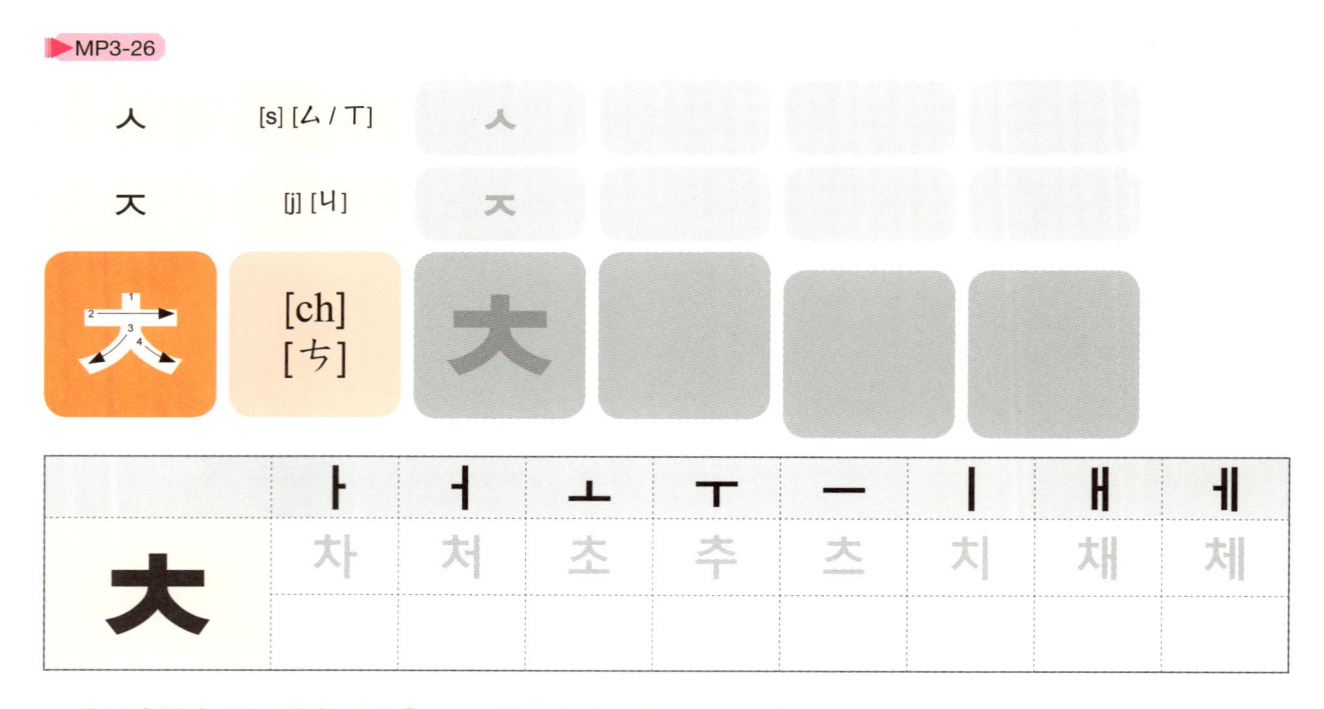

▶MP3-26

ㅅ	[s] [ㄙ / ㄒ]	ㅅ
ㅈ	[j] [ㄐ]	ㅈ
ㅊ	[ch] [ㄘ]	ㅊ

ㅊ	ㅏ	ㅓ	ㅗ	ㅜ	ㅡ	ㅣ	ㅐ	ㅔ
	차	처	초	추	츠	치	채	체

＊此子音還有另一種寫法是「ㅊ」，這種字常見於手寫字體，而上面的寫法屬於印刷體。

練習　解答→P.183

🎧 聽聽看

練習1 請聽音檔，並選出聽到的發音。　▶MP3-27

____ （1）① 가　② 카　　　　____ （2）① 코　② 초

____ （3）① 바　② 파　　　　____ （4）① 도　② 토

____ （5）① 거　② 커　　　　____ （6）① 지　② 치

練習2 請聽音檔，並選出聽到的單字。　▶MP3-28

____ （1）（咖啡）　① 거피　② 커피　③ 카피

____ （2）（火車）　① 키차　② 기자　③ 기차

____ （3）（停車）　① 조차　② 주차　③ 추차

____ （4）（派對）　① 파티　② 파리　③ 바티

____ （5）（裙子）　① 지마　② 치마　③ 키마

____ （6）（豆腐）　① 두부　② 투부　③ 두푸

____ （7）（蛋糕）　① 게이크　② 케이크　③ 체이크

____ （8）（冰紅茶）① 아이스치　② 아이스키　③ 아이스티

041

寫寫看

練習 3 請跟著音檔開口說說看，並練習寫寫看下列單字。 ▶MP3-29

ㅋ	코피 鼻血	카드 卡片	스키 滑雪	카메라 照相機
ㅌ	기타 吉他	타조 鴕鳥	스타 明星	도토리 橡果
ㅍ	포도 葡萄	피자 披薩	피아노 鋼琴	우표 郵票
ㅊ	기차 火車	치마 裙子	배추 白菜	부채 扇子

042

第三課

複合母音II與硬音（雙子音）

學習內容

（一）複合母音II：ㅘ、ㅝ、ㅙ、ㅞ、ㅚ、ㅟ、ㅢ

（二）硬音（雙子音）：ㄲ、ㄸ、ㅃ、ㅆ、ㅉ

（一）複合母音Ⅱ：ㅘ、ㅝ、ㅙ、ㅞ、ㅚ、ㅟ、ㅢ

母音「ㅗ」、「ㅜ」，和其他母音「ㅏ」、「ㅓ」、「ㅐ」、「ㅔ」、「ㅣ」結合，而成為另外一個母音，此種母音因為是由二個母音結合發音而成，所以稱為「複合母音」。發出這些複合母音時，嘴型會發生變化。

ㅗ	+ ㅏ	→ ㅘ	[ㄨㄚ]
ㅜ	+ ㅓ	→ ㅝ	[ㄨㄛ]
ㅗ	+ ㅐ	→ ㅙ	[ㄨㄝ]
ㅜ	+ ㅔ	→ ㅞ	*ㅙ、ㅞ、ㅚ 的發音相同
		ㅚ	
		ㅟ	[ㄩ]
ㅡ	+ ㅣ	→ ㅢ	

★「ㅢ」有三種唸法（在不同的位置，會有不同的發音） ▶MP3-30

① 의 [ui]：의出現在單字的第一個音節時，發의 [ui]的音
　　의사 [의사]（醫生）　　의자 [의자]（椅子）　　의무 [의무]（義務）

② 이 [i / ㅣ]：ㅢ出現在單字的第二個音節，或是ㅢ前面連結子音時，發이 [i]的音
　　회의 [회이]（會議）　　무늬 [무니]（紋路）

③ 에 [e / ㅔ]：의當所有格使用，有「～的」的意思時，發에 [e]的音
　　우리의 [우리에]（我們的）　　어머니의 [어머니에]（母親的）
　　아버지의 [아버지에]（父親的）

書寫練習

請聽音檔,並按照正確的筆順書寫看看。 ▶MP3-31

複合母音 II

字母	發音	練習	書寫	書寫練習
와	[wa] [ㄨㄚ]	과	와	
워	[wo] [ㄨㄛ]	궈	워	
왜	[wae] [ㄨㄝ]	괘	왜	
웨	[we] [ㄨㄝ]	궤	웨	
외	[oe] [ㄨㄝ]	괴	외	
위	[wi] [ㄩ]	귀	위	
의	[ui] [ㄛㄧ]	긔	의	

위! 아래! 위 위 아래!

▶ 練習　解答→P.183

⊞ 聽聽看

練習 1 請聽音檔，並選出聽到的發音。　▶MP3-32

____ (1) ① 오애　② 왜　　　____ (2) ① 우에　② 웨

____ (3) ① 오아　② 와　　　____ (4) ① 우어　② 워

____ (5) ① 의　　② 위　　　____ (6) ① 왜　　② 와

____ (7) ① 웨　　② 워　　　____ (8) ① 와　　② 워

練習 2 請聽音檔，並選出聽到的單字。　▶MP3-33

____ (1) ① 도와요 幫忙　　② 더워요 熱

____ (2) ① 가자 去吧　　　② 과자 餅乾

____ (3) ① 외워요 背誦　　② 왜와요 為什麼來

____ (4) ① 쥐 老鼠　　　　② 죄 罪

____ (5) ① 교회 教會　　　② 교외 郊外

____ (6) ① 이사 搬家　　　② 의사 醫生

⊞ 發音練習

練習 3 請跟著音檔開口說說看，練習下列發音。　▶MP3-34

오아	우어	오애	우에			으이
와	워	왜	웨	외	위	의
도와요 幫忙	매워요 辣	왜요 為什麼	스웨터 毛衣	과외 家教	바위 岩石	의사 醫生
봐요 看	뭐해요 做什麼	돼요 可以	궤도 軌道	무도회 舞會	취소 取消	주의 注意

寫寫看

練習 4 請跟著音檔開口說說看,並練習寫寫看下列單字。 ▶MP3-35

	과자		사과
	더워요		추워요
	왜요		돼지
	웨이터		스웨터
	쇠고기		회사
	가위		바퀴
	의자		회의

3 複合母音 ㅣㅣ 與硬音(雙子音)

047

▷ （二）硬音（雙子音）：ㄲ、ㄸ、ㅃ、ㅆ、ㅉ

　　5個雙子音的發音，都有一個爆破音（空氣通過幾乎閉合的聲帶時，經由聲帶的震動所產生的聲音）。

　　雙子音的形成方式，是重複2個基本子音。雙子音與基本子音的發音位置相同，但由於重覆了二次子音，聲音也要更緊一些，以緊音來發音。

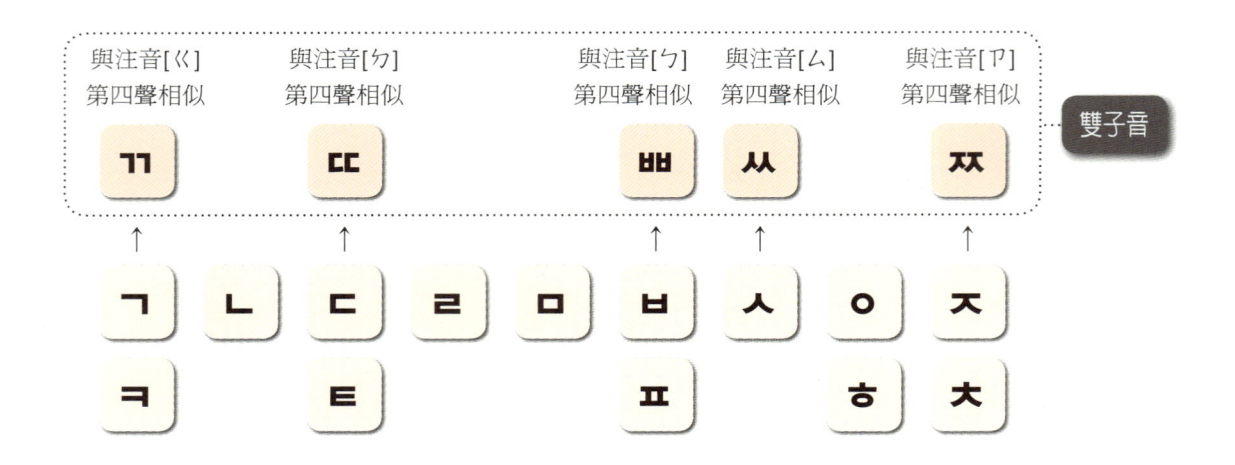

與注音[ㄍ]第四聲相似	與注音[ㄉ]第四聲相似	與注音[ㄅ]第四聲相似	與注音[ㄙ]第四聲相似	與注音[ㄗ]第四聲相似
ㄲ	ㄸ	ㅃ	ㅆ	ㅉ
↑	↑	↑	↑	↑
ㄱ	ㄷ	ㅂ	ㅅ	ㅈ

（雙子音）

ㄴ　ㄹ　ㅁ　ㅇ

ㅋ　ㅌ　　ㅍ　ㅎ　ㅊ

　　韓語的子音按送氣的強度，分為「硬音」、「平音」、「激音」。其中硬音以無送氣的方式發音，與中文的第四聲相似。

> 一樣的子音寫二次就好!!
> ㄱ → ㄲ

048

書寫練習
請聽音檔，並按照正確的筆順書寫看看。 ▶MP3-36

硬音（雙子音）

ㄲ	[kk] [ㄍˋ]	ㄲ			
ㄸ	[tt] [ㄉˋ]	ㄸ			
ㅃ	[pp] [ㄅˋ]	ㅃ			
ㅆ	[ss] [ㄙˋ]	ㅆ			
ㅉ	[jj] [ㄗˋ]	ㅉ			

練習
解答→P.183

聽聽看 ▶MP3-37

練習1 請聽音檔，並選出聽到的發音。

____ (1) ① 꺼　② 거　　　____ (2) ① 띠　② 디

____ (3) ① 빠　② 바　　　____ (4) ① 사　② 싸

____ (5) ① 짜　② 자　　　____ (6) ① 찌　② 치

____ (7) ① 빠　② 파　　　____ (8) ① 또　② 토

049

練習 2 請聽音檔，並選出聽到的單字。 ▶MP3-38

____（1）（兔子） ① 도끼　② 토키　③ 토끼

____（2）（小孩） ① 고마　② 꼬마　③ 코마

____（3）（再、又） ① 또　② 도　③ 토

____（4）（大象） ① 코기리　② 코끼리　③ 꼬끼리

____（5）（哥哥） ① 아빠　② 오빠　③ 오파

____（6）（忙） ① 바빠요　② 바파요　③ 빠바요

____（7）（大叔） ① 아저시　② 아저씨　③ 아저치

____（8）（踢） ① 짜요　② 자요　③ 차요

★ 硬音／平音／激音練習 ▶MP3-39

硬音（無氣）	平音（微氣）	激音（送氣）
까	가	카
따	다	타
빠	바	파
싸	사	
짜	자	차

發音練習

練習 3 請跟著音檔開口說說看，練習下列發音。 ▶MP3-40

ㄲ	까	꺼	끼	꺼요 關	꼬마 小孩	꼬리 尾巴
ㄱ	가	거	기	가요 去	가게 商店	가사 歌詞
ㅋ	카	커	키	커요 大	커피 咖啡	코끼리 大象
ㄸ	따	떠	띠	떠요 漂浮	따로 分開	또 再、又
ㄷ	다	더	디	더워요 熱	다리 腿	드라마 電視劇
ㅌ	타	터	티	타요 搭乘	타로 塔羅牌	토끼 兔子
ㅃ	빠	뻐	삐	바빠요 忙	뽀로로 Pororo[1]	오빠 哥哥
ㅂ	바	버	비	봐요 看	비누 肥皂	비스트 BEAST[2]
ㅍ	파	퍼	피	아파요 痛	피아노 鋼琴	배고파요 餓
ㅆ	싸	써	씨	싸요 便宜	미쓰에이 miss A[3]	씨스타 SISTAR[4]
ㅅ	사	서	시	사요 買	소녀시대 少女時代[5]	샤이니 SHINee[6]
ㅉ	짜	쩌	찌	짜요 鹹	찌세요 請蒸	찌개 湯
ㅈ	자	저	지	자요 睡	지세요 請背	지게 背架
ㅊ	차	처	치	차요 踢	치세요 請打	치마 裙子

*1. 韓國卡通人物　　*2. 韓國男子團體　　*3. 韓國女子團體
*4. 韓國女子團體　　*5. 韓國女子團體　　*6. 韓國男子團體

▦ 寫寫看

練習 4　請跟著音檔開口說說看，並練習寫寫看下列單字。　▶MP3-41

ㄲ	토끼 兔子	어깨 肩膀	코끼리 大象	꼬마 小孩
ㄸ	이따가 稍後	따로 分開	어때요 怎麼樣	또 再、又
ㅃ	아빠 爸爸	뽀뽀 親親	바빠요 忙	예뻐요 漂亮
ㅆ	쓰레기 垃圾	아가씨 小姐	비싸요 貴	아저씨 大叔
ㅉ	찌개 湯	짜요 鹹	찌다 蒸	쪼리 夾腳拖

052

第四課

收尾音（終聲）

學習內容

（一）7個收尾音（終聲）：ㄴ、ㅁ、ㅇ、ㄹ、
　　　　　　　　　　　　ㄱ、ㄷ、ㅂ

（二）複合子音：ㄳ、ㄵ、ㄶ、ㄼ、ㄽ、ㅀ、
　　　　　　　ㄾ、ㅄ、ㄺ、ㄻ、ㄿ

★初聲、中聲、終聲

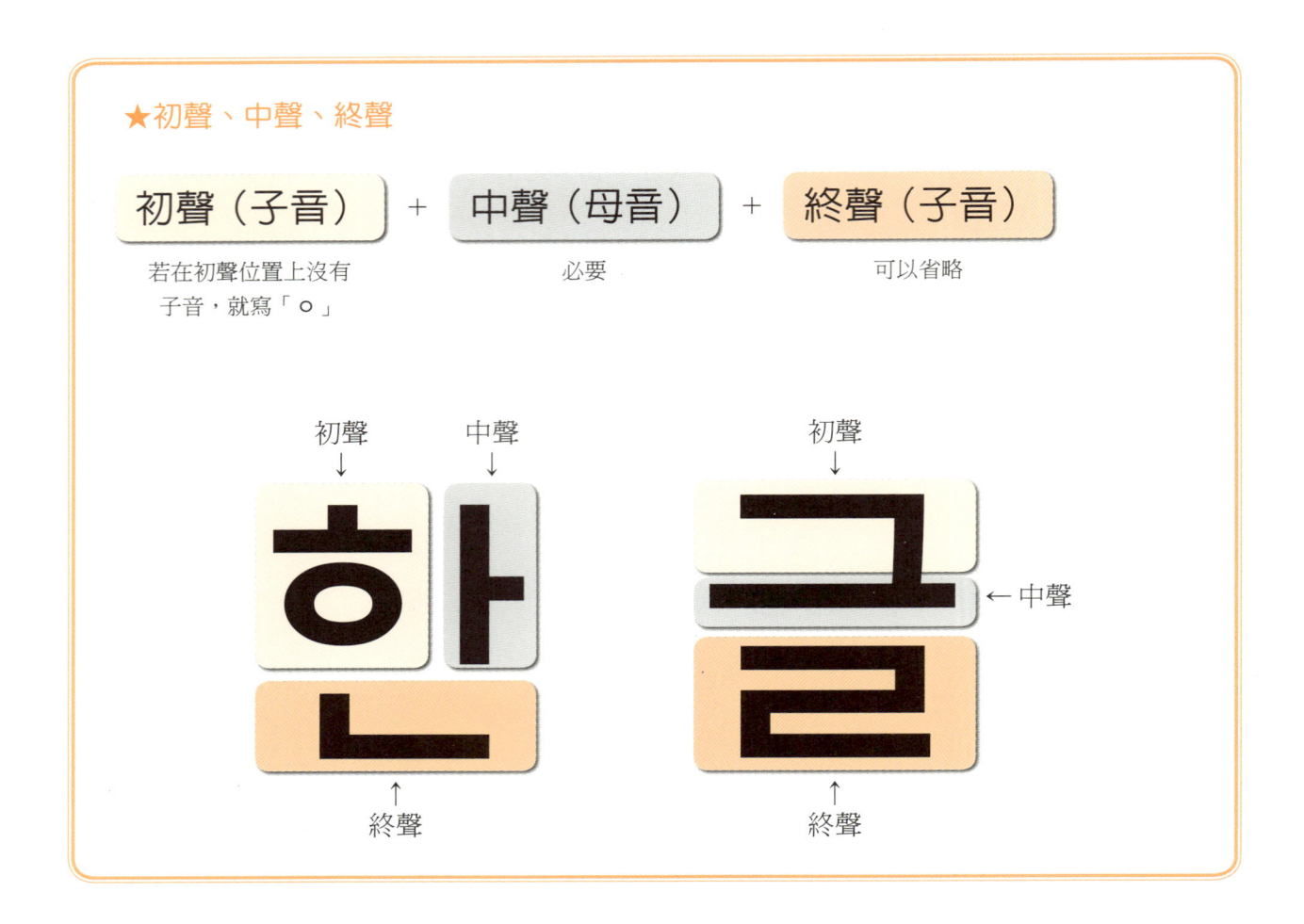

| 初聲（子音） | + | 中聲（母音） | + | 終聲（子音） |

若在初聲位置上沒有
子音，就寫「ㅇ」　　　　必要　　　　　　　　　可以省略

初聲→ 中聲↓　　　　　　初聲↓
　　　　　　　　　　　　　← 中聲
↑　　　　　　　　　　　↑
終聲　　　　　　　　　　終聲

▷（一）7個收尾音（終聲）

　　書寫在母音下方的子音叫做「終聲」，也稱為「收尾音」。大部分的子音都可以當作終聲，而有些子音在作為終聲的時候，發音會有變化。

　　19個子音中，除了「ㄸ」、「ㅃ」、「ㅉ」這3個雙子音以外，其他16個子音都可以作為收尾音使用，但有些子音在終聲（以下都稱為收尾音）的位置時，會和自己原本的發音不一樣，有可能會和其他子音的發音相同，所以收尾音只有下列7個代表音。收尾音在書寫時，一定要寫在母音下面。

⊞ 七個代表音

大部分的子音，可以當作初聲也可以當作收尾音。但是，收尾音總共就只有七種發音。

響音				塞音		
[n]	[m]	[ng]	[l]	[k]	[t]	[p]
ㄴ	ㅁ	ㅇ	ㄹ	ㄱ	ㄷ	ㅂ
				ㅋ	ㅌ	ㅍ
				ㄲ	ㅅ	
					ㅆ	
					ㅈ	
					ㅊ	
					ㅎ	

악 = 앜 = 앆

앋 = 앝 = 앗 = 았 = 앚 = 앛 = 앟

압 = 앞

這些字的發音都一樣哦！

1. 響音：ㄴ、ㅁ、ㅇ、ㄹ　▶MP3-42

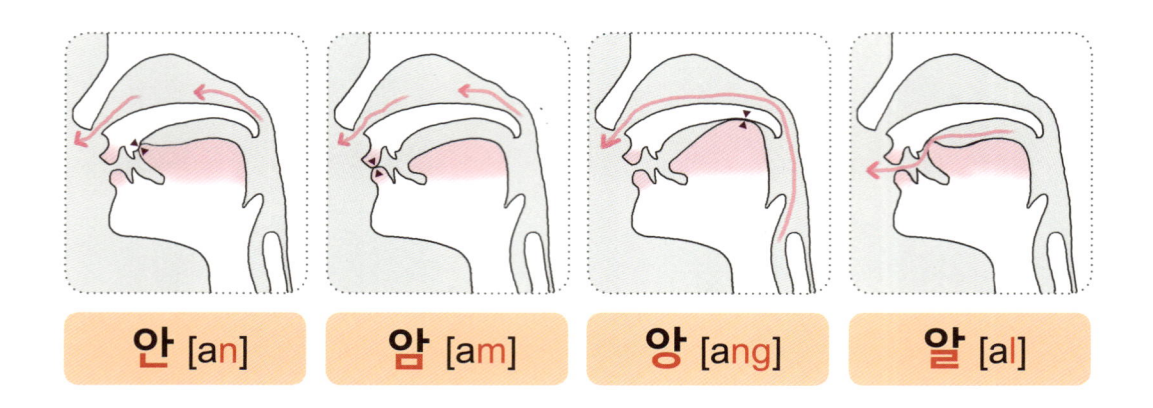

안 [an]　**암** [am]　**앙** [ang]　**알** [al]

「ㄴ」與「ㅁ」不管在初聲或終聲（收尾音）位置，發音都一樣。「ㄴ」發音類似英文「n」，發音時舌尖要往上捲碰到上面牙齒；「ㅁ」發音類似英文「m」，需把嘴巴閉起來發音。「ㅇ」在作初聲時不發音，但當作收尾音時，發音類似英文「ng」，發音時舌頭自然地擺放貼著下顎。而「ㄹ」在作為收尾音時，其發音和英文「l」相似，但是發「ㄹ」音時，舌頭需往上捲，舌尖頂到上顎，和「l」的發音有細微區別。

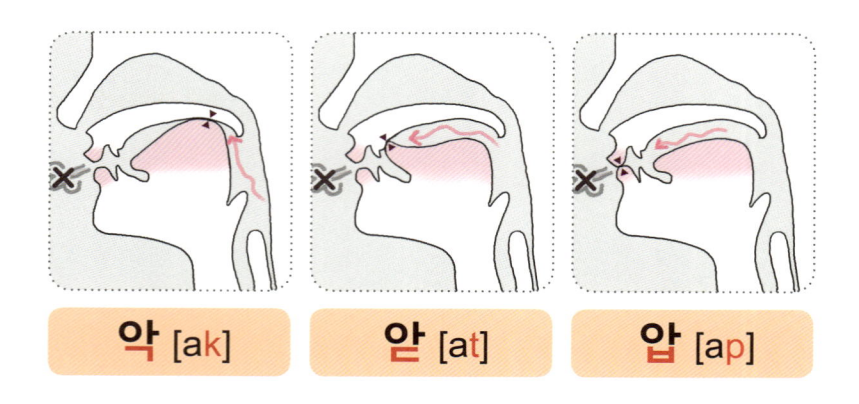

2. 塞音：ㄱ、ㄷ、ㅂ　▶MP3-43

악 [ak]　**앋** [at]　**압** [ap]

「ㄱ」、「ㄷ」、「ㅂ」作收尾音發音時，空氣會完全被阻塞，聲音無法持續，所以又稱為「塞音」。塞音「ㄱ」、「ㄷ」、「ㅂ」的發音方式，是以該發音部位來塞住口腔氣流。

★ 發音比較 ▶MP3-44

韓文「ㄱ」、「ㄷ」、「ㅂ」的發音和英文的「k」、「t」、「p」並不是完全相同的，韓文的「ㄱ」、「ㄷ」、「ㅂ」發音時，需要把空氣完全塞住。請聽聽看以下發音比較其差異：

	[k]		[t]		[p]	
英文	book	cook	cat	cut	cap	cup
韓文	북	쿡	캣[캠]	컷[컬]	캡	컵

組合練習 I
請聽音檔，並試著組合及書寫看看下列的單母音及收尾音。 ▶MP3-45

7個代表收尾音＋單母音

收尾音＼母音	아 [a]	어 [eo]	오 [o]	우 [u]	으 [eu]	이 [i]	애 [ae/e]	에 [e]
ㄴ [n]	안							엔
ㅁ [m]		엄						엠
ㅇ [ng]			옹					엥
ㄹ [l]				울				엘
ㄱ [k]					윽			엑
ㄷ [t]						읻		엗
ㅂ [p]							앱	엡

057

▷ 練習　解答→P.183

⊞ 聽聽看

練習 1 請聽音檔，並選出聽到的發音。 ▶MP3-46

___ (1) ① 안　② 암　　　___ (2) ① 은　② 응
___ (3) ① 악　② 압　　　___ (4) ① 입　② 잍
___ (5) ① 란　② 랑　　　___ (6) ① 간　② 강
___ (7) ① 님　② 닝　　　___ (8) ① 심　② 십
___ (9) ① 반　② 발　　　___ (10) ① 변　② 병

練習 2 請聽音檔，並選出聽到的單字。 ▶MP3-47

___ (1) （手臂）　① 발　② 팔　③ 탈
___ (2) （眼鏡）　① 안경　② 앙경　③ 암경
___ (3) （地下鐵）① 지아철　② 지하절　③ 지하철
___ (4) （書）　① 잭　② 책　③ 캑
___ (5) （感情）　① 감점　② 감전　③ 감정
___ (6) （麵包）　① 방　② 빵　③ 팡
___ (7) （老師）　① 선생님　② 선샌님　③ 섬생님
___ (8) （床）　① 짐대　② 침대　③ 칭대
___ (9) （手機）　① 핸드폰　② 행드폰　③ 햄드폰
___ (10)（食物）　① 음식　② 음실　③ 음십
___ (11)（韓國）　① 한국　② 항국　③ 학국
___ (12)（家）　① 직　② 짙　③ 집

058

⌘ 發音練習 ▶MP3-48

練習3 請跟著音檔開口說說看，練習下列發音。

ㄴ	[n]	우산 雨傘	라면 泡麵	친구 朋友	신문 報紙	대만 臺灣
ㅁ	[m]	지금 現在	아침 早餐	점심 午餐	김치 泡菜	서점 書店
ㅇ	[ng]	가방 書包	사랑 愛	공항 機場	영화 電影	빵 麵包
ㄹ	[l]	물 水	말 講話	알다 知道	얼굴 臉	한글 韓文
ㄱ	[k]	대학 大學	학교 學校	치약 牙膏	음식 飲食	한국 韓國
ㄷ	[t]	듣다 聽	걷다 走	묻다 問	웃다 笑	옷 衣服
ㅂ	[p]	밥 飯	집 家	십 十	수업 課	지갑 皮夾

⌘ 寫寫看

練習4 請跟著音檔開口說說看，並練習寫寫看下列單字。 ▶MP3-49

ㄴ	대만 臺灣	친구 朋友	신문 報紙	계란 雞蛋
ㅁ	엄마 媽媽	선생님 老師	이름 名字	사람 人
ㅇ	안녕 你好	은행 銀行	병원 醫院	운동 運動
ㄹ	오늘 今天	지하철 地下鐵	콜라 可樂	일본 日本
ㄱ	학생 學生	책 書	식당 餐廳	한국 韓國
ㄷ	듣다 聽	숟가락 湯匙	옷 衣服	칫솔 牙刷
ㅂ	밥 飯	집 家	잡지 雜誌	직업 職業

4 收尾音（終聲）

▷ （二）複合子音（11個）：ㄳ、ㄵ、ㄶ、ㄼ、ㄽ、ㅀ、ㄾ、ㅄ、ㄺ、ㄻ、ㄿ

二個不同的子音偶爾會一起出現在收尾音，這種情況為「複合子音」，但二個子音無法同時發音，有時只有左邊子音發音，有時只有右邊子音發音。

發音的收尾音	子音	代表音	範例
左邊子音	ㄳ	ㄱ [k]	삯 [삭] 租金
	ㄵ	ㄴ [n]	앉다 [안] 坐
	ㄶ	ㄴ [n]	많다 [만] 多的
	ㄼ	ㄹ [l]	여덟 [덜] 八
	ㄽ	ㄹ [l]	외곬 [골] 一味、單方面
	ㅀ	ㄹ [l]	잃다 [일] 遺失
	ㄾ	ㄹ [l]	핥다 [할] 舔
	ㅄ	ㅂ [p]	값 [갑] 價錢
右邊子音	ㄺ	ㄱ [k]	읽다 [익] 讀
	ㄻ	ㅁ [m]	젊다 [점] 年輕的
	ㄿ	ㅂ [p]	읊다 [읍] 朗誦

★能放在收尾音的子音如下

基本子音
ㄱ ㄴ ㄷ ㄹ
ㅁ ㅂ ㅅ ㅇ
ㅈ ㅊ ㅋ ㅌ
ㅍ ㅎ

雙子音
ㄲ ㅆ

複合子音
ㄳ ㄵ ㄶ ㄼ
ㄽ ㅀ ㄾ ㅄ
ㄺ ㄻ ㄿ

＊雙子音「ㄸ」、「ㅃ」、「ㅉ」不能當作收尾音。

第五課
發音規則

學習內容

（一）連音　　（四）鼻音化

（二）硬音化　（五）ㅎ發音

（三）激音化

雖然韓國文字是拼音文字，但有時候書寫的文字會和實際發音不一樣，例如二個音節相連時，讀音也可能發生變化，所以其實韓文的寫法和唸法並不一定相同。而這種發音變化的現象，通常是為了在發音時，讓聲音能順利發聲。中文裡也有類似的例子，像是「不」的讀音，「不是、不要」時唸二聲；「不行、不然」時唸四聲，就是聲音自然表達而有了變調的現象產生。韓語的所有發音規則，也就是依照類似此例的順利發聲原則發音。以下列出五種最常見的發音規則：

▷ （一）連音

當收尾音連接到「ㅇ」開頭的音節，其收尾音會取代後一個音節的初聲「ㅇ」。

> 收尾音＋「ㅇ」開頭的音節 → 收尾音會變成後一個音節的初聲

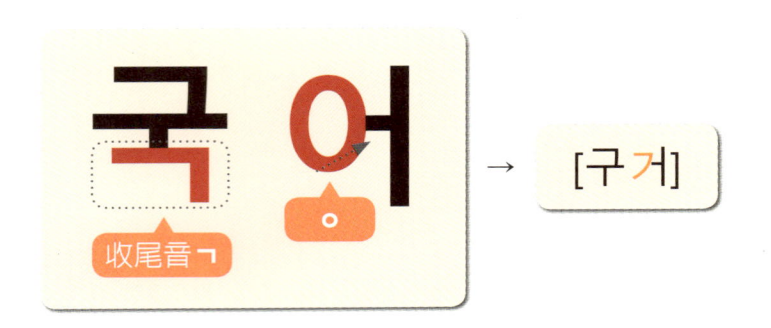

국어 → [구거]
收尾音 ㄱ

▶MP3-50

국어 → 구＋ㄱ＋어 → [구거] 國語
음악 → 으＋ㅁ＋악 → [으막] 音樂
밖에 → 바＋ㄲ＋에 → [바께] 在外面
읽어요 → 일＋ㄱ＋어요 → [일거요] 讀

발음 → 바＋ㄹ＋음 → [바름] 發音
책이 → 채＋ㄱ＋이 → [채기] 書
있어요 → 이＋ㅆ＋어요 → [이써요] 有
앉아요 → 안＋ㅈ＋아요 → [안자요] 坐

＊注意！括號裡面寫的只是實際的發音，書寫時還是一定要按照正確的寫法書寫，不能寫讀音。

062

（二）硬音化

當收尾音「ㄱ／ㄷ／ㅂ」遇到後一個音節的初聲為「ㄱ／ㄷ／ㅂ／ㅅ／ㅈ」時，後一個音節初聲的發音會變成「ㄲ／ㄸ／ㅃ／ㅆ／ㅉ」。

收尾音「ㄱ／ㄷ／ㅂ」＋「ㄱ／ㄷ／ㅂ／ㅅ／ㅈ」→ 收尾音「ㄱ／ㄷ／ㅂ」＋「ㄲ／ㄸ／ㅃ／ㅆ／ㅉ」

ㄱ ⟶ ㄲ
ㄱ　　ㄷ ⟶ ㄸ
ㄷ ＋ ㅂ ⟶ ㅃ
ㅂ　　ㅅ ⟶ ㅆ
　　　ㅈ ⟶ ㅉ

학교 → [학꾜]
（子音 ㄱ／收尾音 ㄱ）

식당 → [식땅]
（子音 ㄷ／收尾音 ㄱ）

▶MP3-51

학교 → ㄱ+ㄱ → ㄱ+ㄲ：[학꾜] 學校
학생 → ㄱ+ㅅ → ㄱ+ㅆ：[학쌩] 學生
입국 → ㅂ+ㄱ → ㅂ+ㄲ：[입꾹] 入境

식당 → ㄱ+ㄷ → ㄱ+ㄸ：[식땅] 餐廳
듣다 → ㄷ+ㄷ → ㄷ+ㄸ：[듣따] 聽
잡지 → ㅂ+ㅈ → ㅂ+ㅉ：[잡찌] 雜誌

▷（三）激音化

當收尾音「ㄱ/ㄷ/ㅂ/ㅈ」遇到後一個音節的初聲為「ㅎ」，或是收尾音「ㅎ」遇到後一個音節的初聲為「ㄱ/ㄷ/ㅂ/ㅈ」時，「ㄱ/ㄷ/ㅂ/ㅈ」會受到「ㅎ」的影響，發音會變成「ㅋ/ㅌ/ㅍ/ㅊ」。

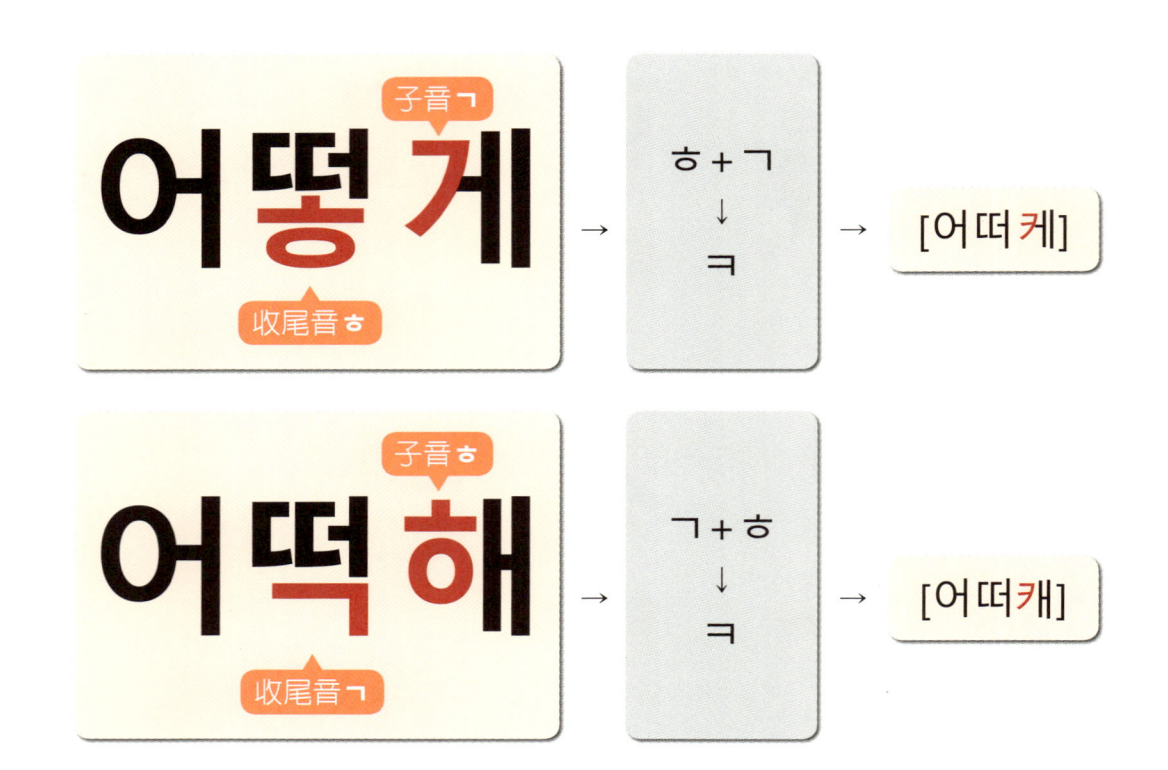

收尾音「ㄱ/ㄷ/ㅂ/ㅈ」+「ㅎ」→「ㅋ/ㅌ/ㅍ/ㅊ」
收尾音「ㅎ」+「ㄱ/ㄷ/ㅂ/ㅈ」→「ㅋ/ㅌ/ㅍ/ㅊ」

ㄱ → ㅋ
ㄷ + ㅎ → ㅌ
ㅂ → ㅍ
ㅈ → ㅊ

ㄱ → ㅋ
ㅎ + ㄷ → ㅌ
ㅂ → ㅍ
ㅈ → ㅊ

어떻게（子音 ㄱ，收尾音 ㅎ）→ ㅎ+ㄱ→ㅋ → [어떠케]

어떡해（子音 ㅎ，收尾音 ㄱ）→ ㄱ+ㅎ→ㅋ → [어떠캐]

▶MP3-52

어떻게 → [어떠케] 怎麼
어떡해 → [어떠캐] 怎麼辦
백화점 → [배콰점] 百貨公司

좋다 → [조타] 好
축하 → [추카] 恭喜
입학 → [이팍] 入學

064

▷（四）鼻音化

當收尾音「ㄱ/ㄷ/ㅂ」遇到後一個音節的初聲為「ㄴ」或「ㅁ」時，前一個音節的收尾音「ㄱ/ㄷ/ㅂ」發音會變成「ㄱ→ㅇ」、「ㄷ→ㄴ」、「ㅂ→ㅁ」。

收尾音「ㄱ/ㄷ/ㅂ」+「ㄴ、ㅁ」→ 收尾音「ㅇ/ㄴ/ㅁ」+「ㄴ、ㅁ」

ㄱ ㄷ ㅂ ＋ ㄴ/ㅁ
↓ ↓ ↓
ㅇ ㄴ ㅁ

국민 → [궁민]

子音 ㅁ
收尾音 ㄱ

▶MP3-53

국민 → ㄱ＋ㅁ → ㅇ＋ㅁ：[궁민] 國民
작년 → ㄱ＋ㄴ → ㅇ＋ㄴ：[장년] 去年
잇몸 → ㄷ＋ㅁ → ㄴ＋ㅁ：[인몸] 牙齦
입문 → ㅂ＋ㅁ → ㅁ＋ㅁ：[임문] 入門
（감사）합니다 → ㅂ＋ㄴ → ㅁ＋ㄴ：감사 [함니다] 謝謝
（미안）합니다 → ㅂ＋ㄴ → ㅁ＋ㄴ：미안 [함니다] 對不起

▷（五）ㅎ發音

1. ㅎ脫落

當收尾音「ㅎ」遇到後一個音節的初聲為「ㅇ」時,「ㅎ」會脫落。

「ㅎ」+「ㅇ」開頭的音節

좋아요 → [조아요]

▶MP3-54

좋아요 → 조＋ㅎ＋아요→ [조아요] 好　　많아요 → 만＋ㅎ＋아요→ [마나요] 多

2. ㅎ音弱音化

當收尾音「ㄴ/ㄹ/ㅁ/ㅇ」遇到後一個音節的初聲為「ㅎ」時,「ㅎ」音會弱化,幾乎變成「ㅇ」的發音,所以有時候聽起來會像是連音。

「ㄴ/ㄹ/ㅁ/ㅇ」+「ㅎ」

▶MP3-55

은행 → [으냉, 은행] 銀行　　전화 → [저놔, 전화] 電話
올해 → [오래, 올해] 今年　　영화 → [영와, 영화] 電影

PART II 有趣的韓語課

第一課　자기소개　自我介紹

第二課　일상생활　日常生活

第三課　날짜와요일　日期與星期

第四課　위치　位置

第五課　물건사기　買東西

第六課　하루일과　日常作息

人物介紹

웨이링 陳瑋玲
臺灣 大學生

김지현 金智賢
韓國 交換生

이민호 李敏鎬
韓國 上班族

마이클 麥克
美國 交換生

임지호 林志豪
臺灣 大學生

유카 由夏
日本 交換生

메이 美美
中國 交換生

1 자기소개 自我介紹

❖ 學 習 目 標：打招呼和自我介紹
❖ 詞彙與表達：打招呼、名字、國籍、職業
❖ 文法與表現：打招呼
　　　　　　　N이에요/예요
　　　　　　　N은/는
　　　　　　　N은/는 N이에요/예요?
❖ 聽力與會話：自我介紹
❖ 閱讀與寫作：理解名片的內容、寫一篇簡單的自我介紹
❖ 發　　　音：連音
❖ 文　　　化：韓國人的姓名

詞彙與表達

▶ 單字

인사 打招呼　▶MP3-56

안녕하세요.	您好。	만나서 반갑습니다. 반갑습니다.	很高興認識您。
안녕하십니까?	您好嗎?	안녕히 가세요.	再見、請慢走。
안녕.	你好或再見。	안녕히 계세요.	再見。

이름 名字　▶MP3-57

진위령 – 천웨이링	(陳瑋玲)	마이클	(麥可)
임지호 – 린즐하오	(林志豪)	제임스	(詹姆斯)
김지현	(金智賢)	에린	(艾琳)
이민호	(李敏鎬)	유카	(由夏)

✏️ 請寫下自己的韓文名字。→ _____

認識韓國

한국인의 이름　韓國人的姓名

你聽過韓國人的名字嗎?最常聽到的韓國姓氏是什麼?那麼在韓國最多的姓氏又是什麼呢?很多人認為是「김」（金）。沒錯，在韓國每五個人就有一個人姓金。其次是「이」（李）、「박」（朴）的比率高。每一個時代流行的名字不一樣，早期因為經濟發展與成長的影響，男生流行的名字有「훈」（勳）、「성」（成），女生則是「미」（美）、「은」（銀）等字。那麼目前在韓國什麼樣的名字常用呢?因為要帶給人溫柔的感覺，所以用「ㄴ」尾音的名字很多。

韓國人的名字 2008～2019 出生		
排名	男生	女生
1	민준	서연
2	서준	서윤
3	예준	지우
4	도윤	서현
5	주원	민서

韓國人的姓氏	
排名	姓氏
1	김（金）
2	이（李）
3	박（朴）
4	최（崔）
5	정（鄭）
6	강（姜）
7	조（趙）
8	윤（尹）
9	장（張）
10	임（林）

나라 / 국적 國家 / 國籍 ▶MP3-58

대만 / 대만 사람	臺灣/臺灣人	영국 / 영국 사람	英國/英國人
한국 / 한국 사람	韓國/韓國人	독일 / 독일 사람	德國/德國人
중국 / 중국 사람	中國/中國人	프랑스 / 프랑스 사람	法國/法國人
일본 / 일본 사람	日本/日本人	호주 / 호주 사람	澳洲/澳洲人
태국 / 태국 사람	泰國/泰國人	미국 / 미국 사람	美國/美國人
베트남 / 베트남 사람	越南/越南人	캐나다 / 캐나다 사람	加拿大/加拿大人

✏️ 請寫下自己的國籍。→ _____

說說看 ▶MP3-59

대만 사람이에요.　是臺灣人。
한국 사람이에요.　是韓國人。
미국 사람이에요.　是美國人。

직업 職業 ▶MP3-60

학생	學生	의사	醫生
대학생	大學生	기자	記者
대학원생	研究生	교수	教授
선생님	老師	요리사	廚師
회사원	上班族	가수	歌手
군인	軍人	배우	演員

✏️ 請寫下自己的職業。→ _____

說說看 ▶MP3-61

학생이에요.　　　是學生。　　　**의사**예요.　　　是醫師。
대학생이에요.　　是大學生。　　**기자**예요.　　　是記者。
대학원생이에요.　是研究生。　　**교수**예요.　　　是教授。

071

字彙練習

1. 他們是哪一國人？請看圖片，並在空格中寫出正確的單字。

例)

A : 어느 나라 사람이에요?　是哪一國人？

B : <u>한국 사람</u>이에요.　是韓國人。

어느	哪個
나라	國家
한국	韓國
미국	美國
영국	英國
독일	德國
호주	澳洲
일본	日本
중국	中國

❶ B : _____이에요.

❷ B : _____이에요.

❸ B : _____이에요.

❹ B : _____이에요.

❺ B : _____이에요.

❻ B : _____이에요.

2. 他們的職業是什麼?請看圖片,並在空格中寫出正確的單字。

| 학생 | 선생님 | 기자 | 회사원 |
| 가수 | 군인 | 요리사 | 의사 |

뭐 什麼

❶  _____ ❷  _____ ❸  _____ ❹ _____

❺  _____ ❻  _____ ❼  _____ ❽ _____

🗨 說說看

선생님이에요.   是老師。   **기자**예요.   是記者。
학생이에요.   是學生。   **의사**예요.   是醫生。
회사원이에요.   是上班族。   **가수**예요.   是歌手。
군인이에요.   是軍人。   **요리사**예요. 是廚師。

文法與表現

① 인사말（打招呼）

- 「**안녕하세요?**」是與人見面時最常用的問候語。不分時間，早上、中午、晚上都可以使用。依語調的不同，可以被當作問候句「안녕하세요?」（您好嗎？）和回答「안녕하세요.」（您好）兩種意思。
- 「**안녕하십니까?**」（您好嗎?）是在正式場合時使用的問候語，是更尊敬、較有禮貌的表現。
- 「**안녕**」（你好）是對平輩、晚輩、或者很親密的朋友所使用的招呼語。
- 「**만나서 반갑습니다.**」是初次見面時使用的招呼語，相當於中文的「很高興認識你」。
- 「**안녕히 가세요.**」與「**안녕히 계세요.**」都是告別時使用的問候語。對要離開的人要說「안녕히 가세요.」，相當於中文的「請慢走」；而離開的人是通常要說「안녕히 계세요.」，相當於中文的「請留步」。這兩句話都是「再見」的意思。

例

❶ 안녕하세요.　　　　　　您好。

❷ A：안녕하십니까?　　　您好嗎？
　 B：안녕하세요?　　　　您好嗎？

❸ A：안녕.　　　　　　　你好。
　 B：안녕!　　　　　　　你好！

❹ A：만나서 반갑습니다.　很高興認識你。
　 B：반갑습니다.　　　　很高興認識你。

❺ A：안녕히 계세요.　　　再見。
　 B：안녕히 가세요.　　　請慢走。

안녕하세요.

練習文法

1. 如何打招呼？請參考【範例】，並跟著書寫。

例

안	녕	하	세	요	?

例

안	녕	히		가	세	요	.

안	녕	히		계	세	요

例

만	나	서		반	갑	습	니	다	.

2. 在空格裡寫出適當的打招呼句子。

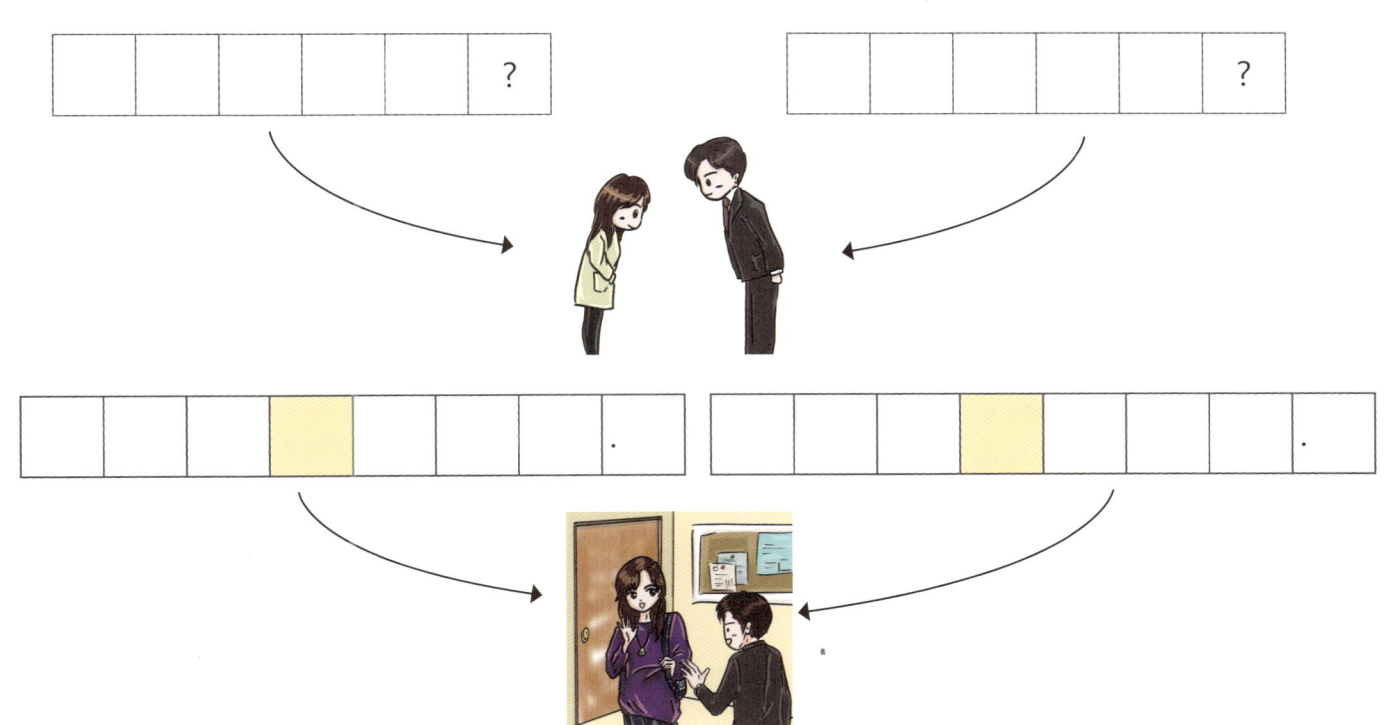

② N이에요/예요（是N）

「N이에요/예요」放在名詞後面，形成語尾，意思為「是～」。可以在非正式的場合或熟人之間使用，也是一般生活當中常用的敬語。

當前面的名詞最後一個字有尾音時要加「이에요」，沒有尾音時要加「예요」。

例如：

有尾音N + 이에요	沒有尾音N + 예요
학생이에요	친구예요
선생님이에요	기자예요
마이클이에요	유카예요

친구　朋友

例
❶ 김지현이에요.　　是金智賢。　　❷ 이민호예요.　　是李敏鎬。
❸ 대만 사람이에요.　是臺灣人。　　❹ 한국 사람이에요.　是韓國人。
❺ 학생이에요.　　　是學生。　　　❻ 기자예요.　　　是記者。

練習文法

1. 請參考【範例】，並選出合適的答案。

例　지현(이에요/ 예요).　　是智賢。

❶ 제임스(이에요 / 예요).

❷ 메이(이에요 / 예요).

❸ 에린(이에요 / 예요).

❹ 마이클(이에요 / 예요).

2. 請參考【範例】，並選出合適的答案。

例) 한국 사람(**이에요**/ 예요).   是韓國人。

❶  영국 사람(이에요 / 예요).

❷  일본 사람(이에요 / 예요).

❸  가수(이에요 / 예요).

❹  군인(이에요 / 예요).

3. 請參考【範例】，並練習對話。

例) 김지현 / 왕웨이

A：안녕하세요. (저는) 김지현이에요.　你好，我是金智賢。
B：안녕하세요. (저는) 왕웨이예요.　你好，我是王偉。

❶ 강주혁 / 마리아　❷ 린이팅 / 이민호
❸ 박지성 / 유카　❹ 마이클 / 최지우

4. 請利用3的對話，試著和班上同學們介紹自己的韓文名字，再練習寫出同學的名字。

친구 이름	❶
	❷
	❸
	❹
	❺

077

③ N은/는（補助詞）

「은/는」加在名詞或代名詞後面表示敘述的主題。它用於強調主題、對照或者比較時。前面名詞的最後一個字有尾音時要加「은」，沒有尾音時要加「는」。

例如：

有尾音N + 은	沒有尾音N + 는
선생님은 마이클은 에린은	저는 친구는 민호 씨는

저　我（謙卑語）
씨　先生、小姐

例
1. 저는 김지현이에요.　　我是金智賢。
2. 저는 왕웨이예요.　　我是王偉。
3. 저는 대만 사람이에요.　　我是臺灣人。
4. 선생님은 한국 사람이에요.　　老師是韓國人。
5. 마이클은 학생이에요.　　麥可是學生。
6. 안나는 의사예요.　　安娜是醫生。

練習文法

1. 請參考【範例】，並選出合適的答案。

例）지현(은/ 는) 한국 사람이에요.
智賢是韓國人。

1. 메이(은 / 는) 중국 사람이에요.

2. 마이클(은 / 는) 미국 사람이에요.

3. 에린(은 / 는) 선생님이에요.

4. 민호(은 / 는) 회사원이에요.

2. 請參考【範例】，並寫出合適的答案。

例 웨이링<u>은</u> 학생이에요.
瑋玲是學生。

① 서영_____ 선생님이에요.

② 에린_____ 호주 사람이에요.

③ 제임스_____ 기자예요.

④ 안나_____ 의사예요.

3. 請參考【範例】，並寫出合適的答案。

例 지호 = 대만 사람
지호는 대만 사람이에요.
志豪是臺灣人。

① 안나 = 독일 사람
_____.

② 유카 = 일본 사람
_____.

③ 마이클 = 학생
_____.

④ 왕웨이 = 요리사
_____.

④ N은/는 N이에요/예요?（N是N嗎？）

韓語不論陳述句還是疑問句，文法的結構及語順都相同，不同之處在於疑問句在語尾的聲調會上揚，而陳述句則是將語尾的語調降低，成為應答句。

例如：

마이클은 학생**이에요**.	麥可是學生。
마이클은 학생**이에요**?	麥可是學生嗎？
제임스는 기자**예요**.	詹姆斯是記者。
제임스는 기자**예요**?	詹姆斯是記者嗎？

例

① 지현 씨**는** 한국 사람**이에요**.　　　　智賢小姐是韓國人。
② 마이클 씨**는** 미국 사람**이에요**?　　　麥可先生是美國人嗎？
③ A : 지호 씨**는** 대만 사람**이에요**?　　　志豪先生是臺灣人嗎？
　 B : 네, 저**는** 대만 사람**이에요**.　　　 是，我是臺灣人。
④ A : 안나 씨**는** 의사**예요**?　　　　　　安娜小姐是醫生嗎？
　 B : 네, 저**는** 의사**예요**.　　　　　　　是，我是醫生。
⑤ A : 유카 씨**는** 중국 사람**이에요**?　　　由夏小姐是中國人嗎？
　 B : 아니요, 저**는** 일본 사람**이에요**.　 不是，我是日本人。
⑥ A : 에린 씨**는** 어느 나라 사람**이에요**? 艾琳小姐是哪一國人？
　 B : 저**는** 호주 사람**이에요**.　　　　　我是澳洲人。

> 네 是
> 아니요 不是

練習文法

1. 請參考【範例】，並試著提問與回答。

例　대만　　A : 대만 사람이에요?　　　你是臺灣人嗎？
　　　　　　　B : 네, 저는 대만 사람이에요.　是的，我是臺灣人。

① 한국　② 태국　③ 프랑스
④ 일본　⑤ 베트남　⑥ 캐나다

080

2. 請參考【範例】，並試著提問與回答。

例 중국 / 한국

A : 중국 사람이에요?　　　　　你是中國人嗎？
B : 아니요, 저는 한국 사람이에요.　不是，我是韓國人。

❶ 한국 / 일본　　❷ 미국 / 캐나다
❸ 프랑스 / 독일　❹ 태국 / 베트남

3. 請參考【範例】，並試著提問與回答。

例 대만

A : 어느 나라 사람이에요?　你是哪一國人？
B : 저는 대만 사람이에요.　我是臺灣人。

❶ 독일　　❷ 일본
❸ 캐나다　❹ 호주

4. 請參考【範例】，並試著提問與回答。

例
대학생 / 대학생

A : ○○ 씨는 대학생이에요?
　　你（○○先生/小姐）是大學生嗎？
B : 네, (저는) 대학생이에요.　是的，我是大學生。

대학생 / 회사원

A : ○○ 씨는 대학생이에요?
　　你（○○先生/小姐）是大學生嗎？
B : 아니요, (저는) 회사원이에요.　不是，我是上班族。

❶ 학생 / 학생　　　❷ 선생님 / 선생님　❸ 의사 / 의사
❹ 회사원 / 군인　　❺ 가수 / 배우　　　❻ 기자 / 교수

聽力與會話

▷ 聽力

1. 請聽音檔對話，並連接正確的圖案。 ▶MP3-62

① •   ⓐ

② •   ⓑ

③ •   ⓒ

④ •   ⓓ

2. 請聽音檔對話，並選出正確的選項。 ▶MP3-63

① 민호 씨는 학생이에요.
② 유카 씨는 회사원이에요.
③ 유카 씨는 일본 사람이에요.

082

▷ 對話與敘述

會話 1 ▶MP3-64

민　　호 : 안녕하세요. 저는 이민호예요.
웨이링 : 안녕하세요. 저는 웨이링이에요.
민　　호 : 만나서 반갑습니다.
웨이링 : 네, 만나서 반갑습니다.

會話 2 ▶MP3-65

민　　호 : 웨이링 씨는 어느 나라 사람이에요?
웨이링 : 저는 대만 사람이에요.
　　　　　민호 씨는 한국 사람이에요?
민　　호 : 네, 저는 한국 사람이에요.
　　　　　웨이링씨는 학생이에요?
웨이링 : 네, 저는 대학생이에요.
　　　　　민호 씨도 대학생이에요?
민　　호 : 아니요, 저는 회사원이에요.

(민호 씨)도
(敏鎬 先生)也

敘述 ▶MP3-66

안녕하세요.
저는 웨이링이에요.
대만 사람이에요.
저는 대학생이에요.
만나서 반갑습니다.

閱讀與寫作

▷ 閱讀

請看圖片，並回答問題。

學생증 Student ID Card
이름 : 김민정
국적 : 한국
한국어교육학
1234567
한국대학교 총장

❶ 이름이 뭐예요?
名字是什麼？
_____.

❷ 어느 나라 사람이에요?
是哪一個國家的人？
_____.

❸ 직업이 뭐예요?
職業是什麼？
_____.

▷ 寫作

請試著寫一篇自我介紹。

_____
_____
_____
_____
_____
_____
_____
_____
_____

發音

▷ 連音

收尾音＋「ㅇ」開頭的音節 → 收尾音會變成後一個音節的初聲。

국어 → 구거

音檔練習發音

1. 請聽音檔，並且跟著唸。 ▶MP3-67

- 국어 → 구 + ㄱ + 어 → [구거]　　　國語
- 발음 → 바 + ㄹ + 음 → [바름]　　　發音
- 음악 → 으 + ㅁ + 악 → [으막]　　　音樂
- 있어요 → 이 + ㅆ + 어요 → [이써요]　有
- 읽어요 → 일 + ㄱ + 어요 → [일거요]　讀
- 앉아요 → 안 + ㅈ + 아요 → [안자요]　坐

2. 請聽音檔，並且跟著唸。 ▶MP3-68

❶ 저는 대만 사람이에요.　　　我是臺灣人。
　　　　　　[라미]

❷ 선생님은 한국 사람이에요.　老師是韓國人。
　　[니믄]　　　　[라미]

❸ 에린은 회사원이에요?　　　艾琳是上班族嗎？
　[리는]　　[워니]

❹ 마이클은 독일 사람이에요?　麥可是德國人嗎？
　　　[크른][도길]　[라미]

085

MEMO

2 일상생활 日常生活

- ❖ **學 習 目 標**：表達日常生活
- ❖ **詞彙與表達**：動作、物品、場所
- ❖ **文法與表現**：V-아요/어요/해요
  N을/를
  N에서
  안 V
- ❖ **聽力與會話**：表現日常的活動、詢問今天的計畫、討論現在做的事情
- ❖ **閱讀與寫作**：閱讀關於行程的文章、寫一篇介紹一天行程的文章
- ❖ **發　　　音**：硬音化
- ❖ **文　　　化**：韓國的「房」文化

詞彙與表達

▷ 單字

동작 動作 ▶MP3-69

사다	買	먹다	吃	일하다	工作
자다	睡覺	읽다	讀	공부하다	讀書
만나다	見面	마시다	喝	숙제하다	寫作業
보다	看	배우다	學習	운동하다	運動

1. _____ 
2. _____  
3. _____ 
4. _____

5. _____ 
6. _____ 
7. _____ 
8. _____

9. _____
10. _____ 
11. _____ 
12. _____

사물 物品 ▶MP3-70

옷	衣服	밥	飯	책	書
가방	包包	빵	麵包	신문	報紙
영화	電影	커피	咖啡	한국어	韓語
텔레비전	電視	주스	果汁	태권도	跆拳道

說說看 ▶MP3-71

뭐예요?   是什麼呢？
옷이에요.   是衣服。   **커피**예요.   是咖啡。
가방이에요.   是包包。   **주스**예요.   是果汁。
책이에요.   是書。

장소 場所 ▶MP3-72

집	家	회사	公司
학교	學校	교실	教室
식당	餐廳	도서관	圖書館
극장	電影院	편의점	便利商店
백화점	百貨公司	커피숍	咖啡店

1. _____
2. _____
3. _____
4. _____
5. _____
6. _____
7. _____
8. _____
9. _____
10. _____

✏️ 請寫下自己常去的場所。→ _____

字彙練習

1. 請將符合的圖片和動詞連起來。

❶　　　　　　　　　　　　　ⓐ 사다

❷　　　　　　　　　　　　　ⓑ 만나다

❸　　　　　　　　　　　　　ⓒ 보다

❹　　　　　　　　　　　　　ⓓ 읽다

❺　　　　　　　　　　　　　ⓔ 먹다

❻　　　　　　　　　　　　　ⓕ 마시다

❼　　　　　　　　　　　　　ⓖ 배우다

❽　　　　　　　　　　　　　ⓗ 일하다

2. 請看圖片，並寫出單字。

❶ _____ 家、房子
❷ _____ 百貨公司
❸ _____ 便利商店
❹ _____ 咖啡店
❺ _____ 餐廳
❻ _____ 公司
❼ _____ 圖書館
❽ _____ 電影院
❾ _____ 學校

PC 방	網咖
노래방	KTV
찜질방	汗蒸幕
만화방	漫畫店

ⓐ _____   ⓑ _____   ⓒ _____   ⓓ _____

091

文法與表現

① V-아요/어요/해요（動詞的現在式）

句子的現在式終結語尾，是動詞後面加「-아요/어요/해요」。用於在日常生活中常用的非格式體敬語終結語尾。

動詞的原形語尾是「-다」。當加上敬語語尾「-요」時，要先將原形的「-다」去掉，以「-다」前面字的母音來決定語尾的加法。如果母音為「ㅏ、ㅗ」時，要加上「-아요」，而母音非「ㅏ、ㅗ」時，要加上語尾「-어요」，若原形的語尾為「-하다」，則要去掉「-하다」，改為「해요」。

例如：

母音ㅏ、ㅗ → ㅏ요		其他母音 → ㅓ요		하다 → 해요	
사다 買	사요	먹다 吃	먹어요	일하다 工作	일해요
자다 睡覺	자요	읽다 讀	읽어요	공부하다 讀書	공부해요
만나다 見面	만나요	마시다 喝	마셔요	숙제하다 寫作業	숙제해요
보다 看	봐요	배우다 學習	배워요	운동하다 運動	운동해요

根據詞尾升降調來區分陳述句、疑問句、命令句、勸誘句。

例如：

陳述句	공부해요. ↘	讀書。
疑問句	공부해요? ↗	讀書嗎？
命令句	공부해요. ↓	讀書！
勸誘句	공부해요. →	讀書吧。

例

❶ 제임스는 자요.　　　詹姆斯睡覺。
❷ 뭐 먹어요?　　　　吃什麼？
❸ A : 공부해요?　　　讀書嗎？
　 B : 네, 공부해요.　　是的，讀書。
❹ A : 뭐 해요?　　　　做什麼？
　 B : 운동해요.　　　運動。
❺ A : 지금 뭐 해요?　　現在做什麼？
　 B : 숙제해요.　　　寫作業。
❻ A : 일해요?　　　　工作嗎？
　 B : 아니요, 쉬어요.　不是，休息。

> 뭐　什麼
> 지금　現在
> 쉬다　休息

練習文法

1. 請寫出動詞的現在式變化。

母音 ㅏ、ㅗ → ㅏ요		其他母音 → ㅓ요		하다 → 해요	
사다		먹다		일하다	
자다		읽다		공부하다	
만나다		마시다		숙제하다	
보다		배우다		운동하다	

2. 請參考【範例】，並試著提問與回答。

例

공부하다

A：공부해요?　　　讀書嗎？
B：네, 공부해요.　是的，讀書。

---

❶ 자다

❷ 만나다

❸ 먹다

❹ 마시다

❺ 운동하다

❻ 일하다

3. 請參考【範例】，並試著提問與回答。

例）

A：**공부해요**?　　　讀書嗎？
B：아니요, **운동해요**.　不，運動。

공부하다　　운동하다

❶ 먹다　　마시다

❷ 보다　　만나다

❸ 숙제하다　　배우다

❹ 사다　　읽다

認識韓國

한국의「방」문화　韓國的「房」文化

　　在韓國逛街時，可以在路上看到很多種類的「방」（房），例如「PC방」（網咖）、「만화방」（漫畫店）、「노래방」（KTV）、「찜질방」（汗蒸幕）等。臺灣也有網咖和KTV，但是韓國的汗蒸幕（찜질방）相對來說就比較特別了。裡面有很多有趣的地方，如餐廳、健身房、睡眠室、閱覽室、按摩室、皮膚美容室、美甲室、網咖、小型電影院等等。在一個地方不只是洗澡，還能吃飯、看電視、看電影、運動、打電腦、和朋友見面、約會等，是不是很特別呢？所以在韓國，汗蒸幕已經成為一種休閒活動了。

② N을/를（受格助詞、賓格助詞）

韓語的語序

韓語的基本語序為主詞（Subject）、受詞（Object）、動詞（Verb）。韓語的語序與中文不一樣，韓語的動詞以及形容詞等所有的謂語，都在句子的語尾。

助詞指詞彙在句子中的語法關係。通常主詞後面加上助詞「은/는」，表示是句子中的主語，而受詞後面加上助詞「을/를」的，則表示賓語，動作直接涉及的對象。

例如：

저는 커피를 사요.	[韓文]
S O V	
我　　買　　咖啡。	[中文]
S　　V　　O	

前面名詞或代詞最後一個字有尾音時要加「을」，沒有尾音時要加「를」。

例如：

有尾音 N + 을	沒有尾音 N + 를
옷을	친구를
밥을	커피를
텔레비전을	영화를

但是「을/를」在口語中，常常被省略。

例

❶ 에린은 옷을 사요.　　　艾琳買衣服。
❷ 유카는 영화를 봐요.　　由夏看電影。
❸ 민호는 커피를 마셔요.　敏鎬喝咖啡。
❹ A : 오늘 친구를 만나요?　今天和朋友見面嗎？
　 B : 네, 친구를 만나요.　　是，和朋友見面。
❺ A : 밥을 먹어요?　　　　吃飯嗎？
　 B : 아니요, 빵을 먹어요.　不，吃麵包。
❻ A : 지금 뭐 해요?　　　　現在做什麼？
　 B : 운동을 해요.　　　　運動。

> 오늘 今天

練習文法

1. 請參考【範例】，並選出合適的答案。

例) 마이클은 밥(을/ 를) 먹어요.　麥可在吃飯。

❶ 민호는 신문(을 / 를) 읽어요.

❷ 유카는 한국어(을 / 를) 공부해요.

❸ 웨이링은 텔레비전(을 / 를) 봐요.

❹ 지현은 커피(을 / 를) 마셔요.

2. 請參考【範例】，並試著提問與回答。

무엇	什麼
시계	手錶
우산	雨傘
안경	眼鏡
라면	泡麵
모자	帽子
카메라	照相機
노트	筆記本

例)
옷
A : 무엇을 사요?　買什麼呢？
B : 옷을 사요.　買衣服。

시계
A : 무엇을 사요?　買什麼呢？
B : 시계를 사요.　買手表。

❶ 우산　❷ 안경　❸ 라면
❹ 모자　❺ 카메라　❻ 노트

3. 請參考【範例】，並試著提問與回答。

例 주스 / 마시다
A：무엇을 해요? / 뭐 해요?　做什麼呢？
B：주스를 마셔요.　喝果汁。

① 영화, 보다　② 한국어, 배우다　③ 커피, 마시다
④ 신문, 읽다　⑤ 가방, 사다　⑥ 라면, 먹다

4. 請參考【範例】，並試著提問與回答。

영어　英文

例
A：가방을 사요?　買包包嗎？
B：네, 가방을 사요.　是的，買包包。

가방을 사다

A：주스를 마셔요?　喝果汁嗎？
B：아니요, 커피를 마셔요.　不，喝咖啡。

주스를 마시다

① 신문을 읽다
② 텔레비전을 보다
③ 친구를 만나다
④ 책을 사다
⑤ 라면을 먹다
⑥ 영어를 배우다

③ N에서（在N）

用於場所名詞後面，表示動作發生的地點。

例

① 학교**에서** 한국어를 배워요.　　在學校學韓語。
② 극장**에서** 영화를 봐요.　　在電影院看電影。
③ 커피숍**에서** 커피를 마셔요.　　在咖啡店喝咖啡。
④ 회사**에서** 일해요.　　在公司工作。
⑤ 집**에서** 자요.　　在家裡睡覺。
⑥ 백화점**에서** 옷을 사요.　　在百貨公司買衣服。

練習文法

1. 請參考【範例】，並寫出合適的答案。

例

<u>교실에서</u> 공부해요.
在教室讀書。

① _____ 밥을 먹어요.

② _____ 영화를 봐요.

③ _____ 일해요.

④ _____ 라면을 사요.

2. 請參考【範例】，並試著回答問題及完成句子。

例

백화점에서 뭐 해요? 在百貨公司做什麼？
백화점에서 가방을 사요. 在百貨公司買包包。
백화점에서 친구를 만나요. 在百貨公司和朋友見面。
백화점에서 밥을 먹어요. 在百貨公司吃飯。

❶ 커피숍에서 뭐 해요?
_____.
_____.
_____.

❷ 도서관에서 뭐 해요?
_____.
_____.
_____.

❸ 집에서 뭐 해요?
_____.
_____.
_____.

❹ 학교에서 뭐 해요?
_____.
_____.
_____.

3. 請參考【範例】，並試著提問與回答。

例

도서관, 책을 읽다

A : 오늘 뭐 해요?　今天做什麼呢？
B : 도서관에서 책을 읽어요.　在圖書館讀書。

❶ 집, 자다　　　　❷ 학교, 공부하다
❸ 식당, 밥을 먹다　❹ 교실, 숙제하다

④ 안+V（不；沒V）

「안」加在動詞和形容詞前面，表示對謂語（動詞、形容詞）的否定。但「名詞＋（做）」，例如「공부하다」（讀書）、「운동하다」（運動）、「일하다」（工作）、「숙제하다」（做作業）之類的動詞，其否定詞「안」必須放在名詞和「하다」之間。

例如：

> **안** 공부해요. （✕）不讀書。
> 공부 **안** 해요. （○）不讀書。
> 일 **안** 해요. 　不工作。
> 운동 **안** 해요. 　不運動。
> 숙제 **안** 해요. 　不寫作業。

例

❶ 텔레비전을 **안** 봐요. 　　　　　不看電視。
❷ 밥을 **안** 먹어요. 　　　　　　　不吃飯。
❸ 친구를 **안** 만나요. 　　　　　　不和朋友見面。
❹ 운동을 **안** 해요. 　　　　　　　不運動。
❺ A：공부해요? 　　　　　　　　　讀書嗎？
　 B：아니요, 공부 **안** 해요. 　　　不，我不讀書。
❻ A：커피를 마셔요? 　　　　　　　喝咖啡嗎？
　 B：아니요, 커피를 **안** 마셔요. 　不，我不喝咖啡。

練習文法

1. 請參考【範例】，並試著回答問題及完成句子。

> 例　A：운동을 해요?　　　　　　　運動嗎？
> 　　B：아니요, <u>운동을 안 해요</u>.　不，不運動。

❶ A：커피를 사요?　　　　　　　❷ A：일을 해요?
　 B：아니요, _____.　　 B：아니요, _____.

❸ A：숙제를 해요?　　　　　　　❹ A：자요?
　 B：아니요, _____.　　 B：아니요, _____.

2. 請參考【範例】，並試著寫出完成句子。

例）

영어 공부를 하다 　한국어 공부를 하다

영어 공부를 안 해요. ＿不學習英文。
한국어 공부를 해요. ＿學習韓語。

❶ 밥을 먹다 　빵을 먹다

＿＿＿＿＿＿＿＿＿＿＿＿＿＿＿.
＿＿＿＿＿＿＿＿＿＿＿＿＿＿＿.

❷ 커피를 마시다 　주스를 마시다

＿＿＿＿＿＿＿＿＿＿＿＿＿＿＿.
＿＿＿＿＿＿＿＿＿＿＿＿＿＿＿.

❸ 신문을 읽다 　책을 읽다

＿＿＿＿＿＿＿＿＿＿＿＿＿＿＿.
＿＿＿＿＿＿＿＿＿＿＿＿＿＿＿.

❹ 텔레비전을 보다 　영화를 보다

＿＿＿＿＿＿＿＿＿＿＿＿＿＿＿.
＿＿＿＿＿＿＿＿＿＿＿＿＿＿＿.

3. 請參考【範例】，並試著提問與回答。

例）친구를 만나다

A : 오늘 친구를 만나요?　今天和朋友見面嗎？
B : 아니요, 친구를 안 만나요.　不，沒有和朋友見面。

❶ 신문을 읽다　❷ 영화를 보다　❸ 태권도를 배우다
❹ 숙제를 하다　❺ 공부를 하다　❻ 운동을 하다

聽力與會話

▷ 聽力

1. 請聽音檔對話，並連接正確的圖案。 ▶MP3-73

❶ •　　　　　　　　　　　ⓐ

❷ •　　　　　　　　　　　ⓑ

❸ •　　　　　　　　　　　ⓒ

❹ •　　　　　　　　　　　ⓓ

2. 請聽音檔對話，並選出正確的選項。 ▶MP3-74

（1）웨이링 씨는 지금 뭐 해요?　　瑋玲小姐現在做什麼？

❶　　　❷ 　　　❸ 　　　❹

（2）맞는 것을 고르세요.　　請選出正確的選項。

　　❶ 민호 씨는 오늘 일해요.
　　❷ 웨이링 씨는 커피를 마셔요.
　　❸ 민호 씨는 책을 읽어요.

102

▷ 對話與敍述

會話 1 ▶MP3-75

마이클 : 웨이링 씨, 지금 뭐 해요?
웨이링 : 한국어를 공부해요.
　　　　마이클 씨는 오늘 뭐 해요?
마이클 : 저는 오늘 친구를 만나요.
웨이링 : 어디에서 만나요?
마이클 : 학교에서 만나요.

會話 2 ▶MP3-76

유　카 : 웨이링 씨, 지금 뭐 해요?
웨이링 : 한국어를 공부해요.
유　카 : 도서관에서 공부해요?
웨이링 : 아니요, 도서관에서 공부 안 해요.
유　카 : 그럼 어디에서 공부해요?
웨이링 : 집에서 공부해요. 유카 씨도 공부해요?
유　카 : 아니요, 저는 오늘 공부 안 해요. 아르바이트해요.

| 그럼 | 那麼 |

敍述 ▶MP3-77

마이클 씨는 오늘 학교에서 한국어를 배워요.
그리고 친구를 만나요.
친구하고 같이 극장에서 영화를 봐요.
마이클 씨는 영화를 자주 봐요.
한국 영화를 아주 좋아해요.

그리고	還有
(친구)하고	和(朋友)
같이	一起
자주	常常
아주	非常
좋아하다	喜歡

閱讀與寫作

▷ 閱讀

請仔細閱讀以下短文後，並回答問題。

> 　　여기는 찜질방이에요. 우리 가족은 오늘 찜질방에서 놀아요. 엄마는 사우나를 아주 좋아해요. 아빠는 텔레비전을 봐요. 그리고 자요. 언니는 헬스장에서 운동해요. 동생은 PC방에서 컴퓨터를 해요. 저는 영화를 봐요. 그리고 우리 가족은 같이 밥을 먹어요.

여기	這裡
우리 가족	我家人
엄마	媽媽
아빠	爸爸
언니	姊姊
동생	弟弟、妹妹
놀다	玩
사우나	三溫暖
헬스장	健身房
컴퓨터를 하다	打電腦
이	這

（1）오늘 이 사람 가족은 어디에서 놀아요? 今天在哪裡玩？
　　_____

（2）맞는 것을 고르세요. 請選出正確的選項。
　　❶ 엄마는 텔레비전을 봐요.　　[○] [×]
　　❷ 아빠는 운동을 해요.　　　　[○] [×]
　　❸ 언니는 컴퓨터를 해요.　　　[○] [×]
　　❹ 가족하고 같이 밥을 먹어요.　[○] [×]

▷ 寫作

今天在哪裡做些什麼事呢？請試著寫下來。

_____
_____
_____
_____
_____
_____
_____
_____

發　　音

▷ 硬音化

當收尾音「ㄱ/ㄷ/ㅂ」遇到後一個音節的初聲為「ㄱ/ㄷ/ㅂ/ㅅ/ㅈ」時，後一個音節初聲的發音會變成「ㄲ/ㄸ/ㅃ/ㅆ/ㅉ」。

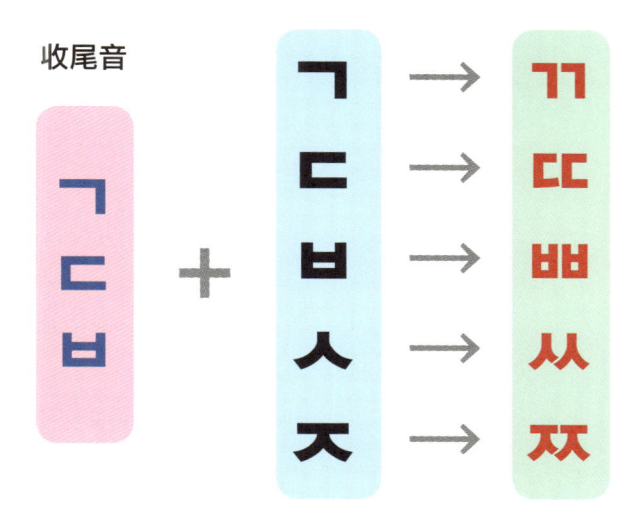

收尾音

ㄱ ㄷ ㅂ ＋ ㄱ ㄷ ㅂ ㅅ ㅈ → ㄲ ㄸ ㅃ ㅆ ㅉ

練習發音

1. 請聽音檔，並且跟著唸。 ▶MP3-78

- 학교 → ㄱ + ㄱ → ㄱ + ㄲ : [학꼬]　　　學校
- 식당 → ㄱ + ㄷ → ㄱ + ㄸ : [식땅]　　　餐廳
- 극장 → ㄱ + ㅈ → ㄷ + ㅉ : [극짱]　　　電影院
- 숙제 → ㄱ + ㅈ → ㄱ + ㅉ : [숙쩨]　　　作業

2. 請聽音檔，並且跟著唸。 ▶MP3-79

❶ 학교에서 공부해요.　　　在學校讀書。
　[학꾜]

❷ 학교에서 숙제해요.　　　在學校寫作業。
　[학꾜]　　[숙쩨]

❸ 학생 식당에서 밥을 먹어요.　在學校餐廳吃飯。
　[학쌩][식땅]

MEMO

3 날짜와 요일 日期與星期

❖ 學 習 目 標：日期與星期
❖ 詞彙與表達：數字、日期、星期
❖ 文法與表現：N이/가
　　　　　　　몇 N
　　　　　　　（時間）N에
　　　　　　　ㄷ불규칙
❖ 聽力與會話：日期與星期的表達、詢問計畫、描述一天所做的事情
❖ 閱讀與寫作：閱讀關於韓國紀念日的文章
❖ 發　　　音：ㄹ的鼻音化
❖ 文　　　化：韓國的公休日

詞彙與表達

▷ 單字

漢字音數字 ▶MP3-80

공/영	0	일	1	이	2	삼	3
사	4	오	5	육	6	칠	7
팔	8	구	9	십	10		

說說看 ▶MP3-81

0912 345 678이에요.
공구일이 삼사오 육칠팔이에요.
010-9876-5432예요.
공일공의[에] **구팔칠육**의[에] **오사삼이**예요.
02-2345-6789예요.
공이[에] **이삼사오**[에] **육칠팔구**예요.

✏️ 請用韓文寫下自己的手機號碼。 →＿＿＿＿＿＿＿＿＿＿＿＿＿＿＿＿＿

월 月 ▶MP3-82

일월	1月	이월	2月	삼월	3月	사월	4月
오월	5月	**유월**	6月	칠월	7月	팔월	8月
구월	9月	**시월**	10月	십일월	11月	십이월	12月

說說看 ▶MP3-83

오늘은 7[칠]월 6[육]일이에요.　　　今天是7月6日。
오늘은 6[유]월 10[십]일이에요.　　今天是6月10日。
오늘은 10[시]월 21[이십일]일이에요.　今天是10月21日。

✏️ 請用韓文寫下今天是幾月幾號。 →＿＿＿＿＿＿＿＿＿＿＿＿＿＿＿＿＿

요일 星期 ▶MP3-84

월요일	화요일	수요일	목요일	금요일	토요일	일요일
星期一	星期二	星期三	星期四	星期五	星期六	星期日
평일 平日					주말 週末	

說說看 ▶MP3-85

오늘은 **월요일**이에요.　今天星期一。
오늘은 **토요일**이에요.　今天星期六。
주말이에요.　　　　　是週末。

✏️ 請用韓文寫下今天是星期幾。 →＿＿＿＿＿＿＿＿＿＿＿＿＿＿＿＿＿

3 日期與星期

109

▷ 字彙練習

1. 請參考【範例】，並試著用韓文寫下電話號碼並說說看。

例

061-641-2700이에요.
공육일의 육사일의 이칠공공 이에요.

❶ _____ 예요.

❷ _____ 이에요.

❸ _____ 이에요.

❹ _____ .

❺ _____ .

2. 請在空格裡填入合適的單字。

| 일 이 삼 사 오 육 칠 팔 구 십 월 일 |
| 일요일 월요일 화요일 수요일 목요일 금요일 토요일 |

Sunday	Monday	Tuesday	Wednesday	Thursday	Friday	Saturday
			수요일			
5월	1	2 일	3	4	5 어린이날	6
7	8 어버이날	9	10 구	11	12 십이	13
14	15 스승의날	16	⑰ 오늘	18	19	20
21	22	23	24 부처님오신날	25	26	27
28	29	30 삼십	31			

3. 請參考上面的月曆，填入合適的單字。

❶ 어린이날은 5☐ 5일이에요.　　兒童節是5月5日。

❷ 어버이날은 5월 8☐이에요.　　父母節是5月8日。

❸ 스승의 날은 5☐ 15☐이에요.　　教師節是5月15日。

❹ 부처님 오신 날은 5☐ 24☐이에요.　佛誕日是5月24日。

❺ 5월 13일은 ☐☐이에요.　　5月13日是星期六。

❻ 오늘은 5☐ 17☐☐☐☐이에요.　今天是5月17日星期三。

| 어린이날　兒童節 |
| 어버이날　父母節 |
| 스승의 날　教師節 |
| 부처님 오신 날　佛誕日 |

3 日期與星期

文法與表現

① N이/가（主格助詞）

「이/가」是主格助詞，加在名詞、代詞、數詞後面，表示句子中的主語。當前面的詞彙的最後一個字有尾音時要加上「이」，沒有尾音時則要加上「가」。

例如：

有尾音N + 이	沒有尾音N + 가
동생이	언니가
이름이	민호 씨가

언니、누나 姊姊
오빠、형 哥哥

但是，當助詞「이/가」和「나/저」（我）結合時，不寫做「나가」、「저가」，而是寫做「내가」、「제가」。

例如：

나가 커피를 사요.　（×）　→　내가 커피를 사요.　（○）我買咖啡。
저가 일해요.　（×）　→　제가 일해요.　（○）我工作。

例

① 형이 책을 읽어요.　　　　　哥哥看書。
② 친구가 커피를 마셔요.　　　朋友喝咖啡。
③ 이름이 뭐예요?　　　　　　名字是什麼？
④ 동생이 텔레비전을 봐요.　　弟弟（妹妹）看電視。
⑤ 마이클 씨가 한국어를 배워요.　麥可先生學韓語。
⑥ 오늘이 토요일이에요.　　　今天是星期六。

補充

이/가和은/는

通常在句中第一次提到主語、新資訊、新主題時，會使用「이/가」。相對的，「은/는」則用於前面已經提過的內容、相同的主語，或對話的雙方都已知道而在談論的主題。

例

• A：이름이 뭐예요?　　　　　名字是什麼？
　B：제 이름은 김지현이에요.　我的名字是金智賢。
• A：웨이링이 어디에 있어요?　瑋玲在哪裡？
　B：웨이링은 학교에 있어요.　瑋玲在學校。
• A：민호가 집에 있어요?　　　敏鎬在家嗎？
　B：네, 민호는 집에 있어요.　是的，敏鎬在家。

練習文法

1. 請參考【範例】，並寫出合適的答案。

例） 언니 __가__ 쉬어요. 姊姊在休息。

웃다 笑

① 동생____ 자요.

② 형____ 공부해요.

③ 웨이링____ 웃어요.

④ 누나____ 운동해요.

2. 請參考【範例】，並選出合適的答案。

例）
A : 이름(이/ 가) 뭐예요? 名字是什麼？
B : 저(은 /는) 웨이링이에요. 我是瑋玲。

① A : 선생님(이 / 가) 한국 사람이에요?
　 B : 네, 선생님(은 / 는) 한국 사람이에요.
② A : 친구(이 / 가) 회사원이에요?
　 B : 네, 친구(은 / 는) 회사원이에요.
③ A : 동생(이 / 가) 뭐 해요?
　 B : 동생(은 / 는) 숙제해요.
④ A : 메이 씨(이 / 가) 일해요?
　 B : 아니요, 메이 씨(은 / 는) 공부해요.

② 몇（幾）

「몇」表示「幾」。通常後面會加上量詞或單位，用來詢問後面所接續名詞的數量，成為疑問句「幾？」。

例如：

幾月	幾號（碼）
몇 월	몇 번

但是，詢問「幾日」時，不寫成「몇일」，而是按照實際發音改寫成「며칠」（幾日）。而詢問日期時會說「몇 월 며칠이에요?」（幾月幾日？）或「며칠이에요?」（幾日？），比較常使用的是縮寫的「며칠이에요?」。

例如：

몇 월 몇 일이에요?	（×）幾月幾號？
→ 몇 월 며칠이에요?	（○）
몇 일이에요?	（×）是幾號？
→ 며칠이에요?	（○）

例

1. 전화번호가 **몇 번**이에요?　　電話號碼是幾號？
2. 생일이 **몇 월**이에요?　　生日是幾月？
3. **몇 월 며칠**이에요?　　是幾月幾號？
4. **며칠**이에요?　　是幾號？
5. A：오늘이 **몇 월 며칠**이에요?　　今天是幾月幾號？
   B：시월 십 일이에요.　　10月10日。
6. A：**몇 월**이에요?　　幾月？
   B：유월이에요.　　6月。

전화번호　電話號碼
생일　生日

補充

6月[유월]和10月[시월]的讀音，不只是發音，就連寫法也按照讀音來標記。另外，數字後面加「월」（月）發音時，需要注意連音。

1月	3月	6月	7月	8月	10月	11月	12月
일월	삼월	유월	칠월	팔월	시월	십일월	십이월
[이뤌]	[사뭘]	[유월]	[치뤌]	[파뤌]	[시월]	[시비뤌]	[시비월]

練習文法

1. 請參考【範例】，寫出合適的答案，並試著提問與回答。

팩스 傳真

例

A : 전화번호가 몇 번이에요?　電話號碼是幾號？
B : 2198-3467이에요.　是2198-3467。
[이일구팔의 삼사육칠]

❶ A : 집 전화번호가 몇 번이에요?
B : 393-4579예요. [_____]

❷ A : 회사 전화번호가 몇 번이에요?
B : 2910-9858이에요. [_____]

❸ A : 휴대폰 번호가 몇 번이에요?
B : 010-8963-1234예요. [_____]

❹ A : 팩스 번호가 몇 번이에요?
B : 02-8765-4321이에요. [_____]

2. 請參考【範例】，寫出合適的答案，並試著提問與回答。

例 1월/11일

A : 오늘이 몇 월 며칠이에요?　今天是幾月幾號？
B : _____ 이에요.　是一月十一號。

❶ 3월/4일

❷ 6월/6일

❸ 8월/17일

❹ _____
10월/10일
_____

❺ _____
11월/30일
_____

❻ _____
12월/25일
_____

③ N에（N的時候〔時間〕）

「에」加在時間名詞後面，表示動作、行為或狀態發生的時間，相當於中文「在～的時候」的意思。例如要表示「在某個時間」或「在某個時候」時，就必須要加時間助詞「에」。

例

❶ 12일**에** 친구를 만나요.　　12號的時候和朋友見面。
❷ 목요일**에** 한국어를 배워요.　星期四的時候學韓語。
❸ 토요일**에** 영화를 봐요.　　星期六的時候看電影。
❹ 생일**에** 케이크를 먹어요.　　生日的時候吃蛋糕。
❺ A：평일**에** 뭐 해요?　　平日的時候做什麼呢？
　 B：평일**에** 일해요.　　平日的時候上班。
❻ A：언제 운동해요?　　什麼時候運動？
　 B：주말**에** 운동해요.　　在週末運動。

| 어제 | 昨天 |
| 내일 | 明天 |

「에」通常與時間名詞結合使用，但「어제」（昨天）、「오늘」（今天）、「내일」（明天）、「지금」（現在）、「언제」（什麼時候）等單字後面，不加時間助詞「에」。

例

　　오늘**에** 한국어를 배워요.　　（×）今天學韓語。
→　오늘 한국어를 배워요.　　（○）
　　지금**에** 뭐 해요?　　（×）現在做什麼？
→　지금 뭐 해요?　　（○）

| 크리스마스 | 聖誕節 |

＊時間1＋에（時間助詞）
　1월 23일　월요일　화요일　수요일　목요일　금요일　토요일　일요일
　평일　주말　생일　크리스마스

＊時間2＋에（×）
　오늘　어제　내일　지금　언제

練習文法

1. 請參考【範例】,並寫出合適的答案。

例)

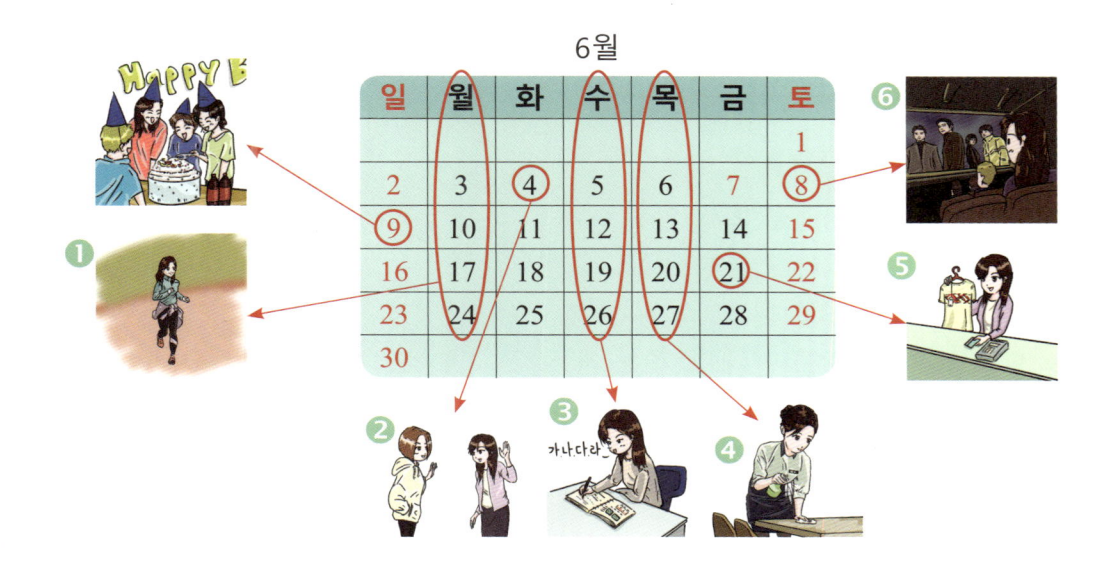

例)

6월 9일에 <u>생일 파티를 해요</u>.　　在6月9號開生日派對。

파티를 하다　開派對

❶ 월요일 _____.

❷ 6월 4일 _____.

❸ 수요일 _____.

❹ 목요일 _____.

❺ 6월 21일 _____.

❻ 6월 8일 토요일 _____.

2. 請參考【範例】，需要寫出時間助詞的請寫「에」，不需要的打「×」。

例

1월 1일__에__ 쉬어요.   1月1號休息。

지금__×__ 책을 읽어요.   現在看書。

❶ 주말_____ 쇼핑해요.
❷ 토요일_____ 영화를 봐요.
❸ 언제_____ 한국어를 공부해요?
❹ 생일_____ 파티를 해요.
❺ 오늘_____ 친구를 만나요.
❻ 몇 월 며칠_____ 한국에 가요?

3. 請參考【範例】，並試著提問與回答。

例

영화를 보다 / 주말

A : 언제 영화를 봐요?   什麼時候看電影呢？
B : 주말에 영화를 봐요.   在週末看電影。

❶ 한국어를 공부하다 / 목요일   ❷ 운동을 하다 / 토요일
❸ 파티를 하다 / 크리스마스   ❹ 학교에 가다 / 평일
❺ 옷을 사다 / 5 월 20 일   ❻ 태권도를 배우다 / 8 월

④ ㄷ불규칙（ㄷ不規則）

有些動詞不依照規則變化，這些稱為「不規則變化」。當「ㄷ」後面接上母音時，例如和現在式語尾「-아／어요」結合時，尾音「ㄷ」會變成「ㄹ」。而「듣다」（聽）和「걷다」（走），正是屬於不規則變化動詞。

例如：

句型 原形動詞	-아／어요	(으)세요
듣다	들어요	들으세요
걷다	걸어요	걸으세요

但有些尾音是「ㄷ」結尾的動詞，仍屬於規則變化的動詞。像是「받다」（接）和「닫다」（關），就是規則變化的動詞。

例如：

原形動詞	現在式	
받다	받아요	받으세요
닫다	닫아요	닫으세요

例

① 음악을 **들어요**. ・・・・・・・・・・・聽音樂。
② 한국노래를 자주 **들어요**. ・・・・・常聽韓國歌。
③ 공원에서 **걸어요**. ・・・・・・・・・・在公園走。
④ 오래 **걸어요**. ・・・・・・・・・・・・・走很久。
⑤ 한국음악을 자주 **들어요**. 그렇지만 한국뉴스는 안 **들어요**.
　　　　　　　　　　　　　　聽韓國音樂，但是不聽韓國新聞。
⑥ 대화를 **들으세요**. ・・・・・・・・・・請聽對話。

듣다 聽
들으세요 請聽
걷다 走
걸으세요 請走
받다 收
받으세요 請收
닫다 關（門）
닫으세요 請關（門）

자주 常常
오래 很久
대화 對話
그렇지만 但是

練習文法

1. 請試著寫出正確的動詞變化句型。

	-아 / 어요	-(으)세요
듣다	들어요	
걷다		

2. 請參考【範例】，寫出合適的答案，並試著提問與回答。

例

A : 지금 뭐 해요?　　現在做什麼？
B : 노래를 <u>들어요</u>.　　聽歌。

> 못　沒、無法
> 들었어요　聽了
> 다시　再
> 잘　好好地
> 산책하다　散步

❶ 
A : 지금 뭐 해요?
B : 저는 음악을 _____. 그리고 친구는 공부해요.

❷ 
A : 선생님, 못 들었어요.
B : 그럼 다시 잘 _____.

❸ 
A : 집에서 뭐 해요?
B : 뉴스를 _____.

❹ 
A : 어디에서 산책해요?
B : 공원에서 _____.

聽力與會話

▷ 聽力

1. 請聽音檔對話，並寫出正確的日期。 ▶MP3-86

❶ (　　) 월 (　　) 일　　　❷ (　　) 월 (　　) 일

❸ (　　) 월 (　　) 일　　　❹ (　　) 월 (　　) 일

2. 請聽音檔對話，並選出正確的選項。 ▶MP3-87

❶ 토요일은 웨이링 씨 생일이에요.　　　[○] [×]
❷ 화요일하고 목요일에 한국어를 공부해요.　[○] [×]
❸ 지현 씨는 한국 뉴스를 자주 들어요.　　[○] [×]
❹ 공원에서 자주 산책해요.　　　　　　　[○] [×]

認識韓國

한국의 공휴일　韓國的公休日

名稱	日期	說明
새해	1 월 1 일	元旦
설날	음력 1 월 1 일	春節
삼일절	3 월 1 일	三一節：3/1獨立運動
부처님 오신 날	음력 4 월 8 일	佛祖誕生日、佛誕
어린이날	5 월 5 일	兒童節
현충일	6 월 6 일	顯忠日：哀悼軍人等為國家犧牲生命者的靈魂而制定的紀念日。
광복절	8 월 15 일	光復節：1948年韓國政府成立紀念日。
추석	음력 8 월 15 일	中秋節
개천절	10 월 3 일	開天節：紀念公元前2333年，檀君建了古朝鮮的國慶日。
한글날	10 월 9 일	韓文節
크리스마스	12 월 25 일	聖誕節

▷ 對話與敘述

會話 1 ▶MP3-88

지　현 : 메이 씨, 생일이 몇 월 며칠이에요?
메　이 : 제 생일은 6월 19일이에요.
　　　　 지현 씨는 생일이 언제예요?
지　현 : 7월 7일이에요.
메　이 : 한국에서는 생일에 뭐 먹어요?
지　현 : 미역국을 먹어요. 그리고 케이크도 먹어요.

미역국　海帶湯
케이크　蛋糕

會話 2 ▶MP3-89

민　호 : 웨이링 씨, 토요일에 시간이 있어요?
웨이링 : 네, 있어요. 그런데 왜요?
민　호 : 토요일이 지현 씨 생일이에요.
웨이링 : 그래요? 그럼 지현 씨 생일에 뭐 해요?
민　호 : 같이 밥을 먹어요.
　　　　 웨이링 씨도 우리하고 같이 밥을 먹어요.
웨이링 : 네, 좋아요.

시간　時間
그런데　可是、不過
왜요?　為什麼?
그래요?　是嗎?
좋아요　好啊

敘述 ▶MP3-90

저는 월요일에 운동해요.
화요일에 한국어를 공부해요.
수요일하고 목요일에 아르바이트를 해요.
금요일에 쇼핑해요.
토요일에 영화를 봐요.
오늘은 일요일이에요.
친구 생일이에요.
그래서 친구들하고 생일 파티를 해요.

아르바이트를 하다　打工
쇼핑하다　購物
그래서　所以
친구들　朋友們

| 월요일 | 화요일 | 수요일 | 목요일 | 금요일 | 토요일 | 일요일 |

閱讀與寫作

▷ 閱讀

請仔細閱讀以下短文後，並回答問題。

한국에는 5월에 기념일이 많아요.
5월 5일은 어린이날이에요. 쉬어요.
5월 8일은 어버이날이에요. 어버이날에는 안 쉬어요.
5월 15일은 스승의 날이에요. 스승의 날은 세종대왕의 탄생일이에요. 스승의 날에는 안 쉬어요.
부처님 오신 날은 음력 4월 8일이에요. 그래서 보통 양력 5월에 부처님 오신 날이 있어요. 그 날은 모두 쉬어요.
대만에는 몇 월에 기념일이 많아요?

많다　多的
기념일　紀念日
세종대왕　世宗大王
탄생일　誕生日
음력　農曆
양력　國曆
있다　有
그 날　那一天
모두　全部

(1) 어버이날이 언제예요? 父母節是什麼時候？
　　_____.

(2) 맞는 것을 고르세요. 請選出正確的選項。

　　❶ 오월 오일은 안 쉬어요.　　　　　　　　　[○] [×]
　　❷ 오월 십오일은 세종대왕의 탄생일이에요.　 [○] [×]
　　❸ 오월 십오일 스승의 날에는 쉬어요.　　　 [○] [×]
　　❹ 오월에는 기념일이 많아요.　　　　　　　 [○] [×]

▷ 寫作

一個星期做什麼？請寫下你的每週計劃。

_____
_____
_____
_____
_____
_____
_____

發音

「ㄹ」的鼻音化

當尾音「ㅁ、ㅇ」遇到的下一個音節初聲為「ㄹ」時，「ㄹ」的發音會變成「ㄴ」。

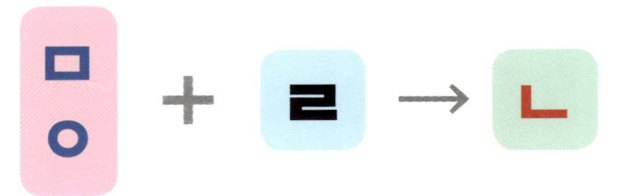

收尾音
ㅁ / ㅇ ＋ ㄹ → ㄴ

練習發音

1. 請聽音檔，並且跟著唸。 ▶MP3-91

- 버스정류장　[버스정뉴장]　公車站
- 06　[공뉵]　　　　　　＊6的原本發音為「륙」，出現在單字第一音節時，唸成「육」。
- 음력　[음녁]　　　　　農曆
- 양력　[양녁]　　　　　國曆

當收尾音「ㄱ/ㅂ」遇到的下一個音節初聲為「ㄹ」時，「ㄹ」的發音會變成「ㄴ」。收尾音「ㄱ/ㅂ」發音會變成「ㅇ/ㅁ」。

- 대학로　[대항노]　大學路
- 16　[심뉵]　　　16

2. 請聽音檔，並且跟著唸。 ▶MP3-92

❶ A：전화번호가 몇 번이에요?　　電話號碼幾號呢？
　 B：063 - 6566 - 7836이에요.　是063-6566-7836。
　　　[뉵]　[융][뉵]　　[뉵]

❷ A：언제 한국에 가요? 그리고 언제 와요?　什麼時候去韓國？然後什麼時候回來？
　 B：6일에 가요. 그리고 16일에 와요.　6號去。然後16號回來。
　　　[육]　　　　　　　[심뉵]

❸ A：설날이 언제예요?　　春節是什麼時候？
　 B：음력 1월 1일, 양력 1월 26일이에요.　農曆1月1號，國曆1月26號。
　　　[녁]　　　　　[녁]　[이심뉵]

124

4 위치 位置

- ❖ **學習目標**：表達物品和場所的位置
- ❖ **詞彙與表達**：物品、場所、位置
- ❖ **文法與表現**：N이/가 있어요/없어요
  N에 있어요/없어요
  N 위/아래/앞/뒤
  N에 가요/와요
- ❖ **聽力與會話**：關於目的地的對話、討論物品的位置
- ❖ **閱讀與寫作**：閱讀介紹家和學校位置的文章、寫一篇介紹家或學校的文章
- ❖ **發　　音**：尾音ㄴ、ㅁ、ㅇ
- ❖ **文　　化**：首爾景點

詞彙與表達

▷ 單字

사물 物品 ▶MP3-93

책	書	볼펜	原子筆	안경	眼鏡
책상	書桌	컴퓨터	電腦	우산	雨傘
의자	椅子	휴대폰	手機	모자	帽子
노트	筆記本	지갑	錢包	시계	手錶、時鐘

1.  _____ 2.  _____ 3.  _____ 4. _____

5.  _____ 6.  _____ 7.  _____ 8. _____

9.  _____ 10.  _____ 11.  _____ 12. _____

說說看 ▶MP3-94

뭐예요?　　　是什麼？

책이에요.　　是書。　　　　**노트**예요.　　是筆記本。
볼펜이에요.　是原子筆。　　**컴퓨터**예요.　是電腦。
책상이에요.　是書桌。　　　**의자**예요.　　是椅子。

✏ 請寫下自己身上的物品。→ _____

장소 場所 ▶MP3-95

가게	商店	은행	銀行
시장	市場	우체국	郵局
지하철역	捷運站	병원	醫院
버스정류장	公車站	공원	公園

1. _____
2. _____ 
3. _____ 
4. _____ 
5. _____ 
6. _____ 
7. _____ 
8. _____ 

✏️ **請寫下自己常去的場所。** →_____

위치 位置 ▶MP3-96

위	上面	안	裡面
아래 / 밑	下面	밖	外面
앞	前面	옆	旁邊
뒤	後面	사이	之間

1. _____
2. _____ 
3. _____ 
4. _____ 
5. _____ 
6. _____ 
7. _____ 
8. _____

▷ 字彙練習

1. 請在空格裡填入合適的單字。

> 책　노트　볼펜　책상　의자　모자　컴퓨터
> 시계　안경　우산　지갑　휴대폰　가방　신문

2. 請參考【範例】，並試著回答問題及完成句子。

例 
A : 어디예요?　哪裡呢？
B : 은행이에요.　是銀行。

❶ B : _____예요.

❷ B : _____이에요.

❸ B : _____이에요.

3. 請參考【範例】，並試著寫出完整的問句及回答。

例 
A : 책이에요?　是書嗎？
B : 네, 책이에요.　是的，是書。

A : 노트예요?　是筆記本嗎？
B : 아니요, 볼펜이에요.　不，是原子筆。

❶ 
A : _____예요?
B : 네, _____예요.

❷ 
A : _____이에요?
B : 네, _____이에요.

❸ 
A : 옷이에요?
B : 아니요, _____ 예요.

❹ 
A : _____예요?
B : 네, _____예요.

❺ 
A : 모자예요?
B : 아니요, _____이에요.

❻ 
A : 가방이에요?
B : 아니요, _____이에요.

129

文法與表現

① N이/가 있어요/없어요（有/沒有N）

「이/가 있어요/없어요」表達事物或人的存在與否時使用。名詞後面加「이/가 있어요」表示「有」某種人事物。「이/가 없어요」表示「沒有」。前面名詞的最後一個字，有尾音時加「이」，沒有尾音時加「가」。

例如：

有尾音N + 이	沒有尾音N + 가
옷**이**	친구**가**
책상**이**	시계**가**
볼펜**이**	컴퓨터**가**

例

1. 책상**이** 있어요.　　　　　　　有書桌。
2. 컴퓨터**가** 없어요.　　　　　　沒有電腦。
3. A：책**이** 있어요?　　　　　　有書嗎？
   B：네, 책**이** 있어요.　　　　是的，有書。
4. A：볼펜**이** 있어요?　　　　　有原子筆嗎？
   B：아니요, 볼펜**이** 없어요.　不，沒有原子筆。
5. A：컴퓨터**가** 있어요?　　　　有電腦嗎？
   B：네, 있어요.　　　　　　　　是的，有。
6. A：남자 친구**가** 있어요?　　　有男朋友嗎？
   B：아니요, 남자 친구**가** 없어요.　不，沒有男朋友。

> 있다　有、在
> 없다　沒有、不在
> 남자 친구　男朋友

練習文法

1. 請參考【範例】，並選出合適的答案。

例　책(**이**/ 가) 있어요.　　有書。

---

① 안경(이 / 가) 있어요.
② 휴대폰(이 / 가) 없어요.
③ 지갑(이 / 가) 있어요.
④ 모자(이 / 가) 없어요.

2. 請參考【範例】，並試著提問與回答。

例

책	A : 책이 있어요?	有書嗎？
	B : 네, 책이 있어요.	是的，有書。
텔레비전	A : 텔레비전이 있어요?	有電視嗎？
	B : 아니요, 텔레비전이 없어요.	不，沒有電視。

❶ 책상　　❷ 가방　　❸ 우산
❹ 의자　　❺ 시계　　❻ 지갑

3. 請參考【範例】，並試著提問與回答。

例

커피숍	A : 커피숍이 있어요?	有咖啡店嗎？
	B : 네, 커피숍이 있어요.	是的，有咖啡店。
학교	A : 학교가 있어요?	有學校嗎？
	B : 아니요, 학교가 없어요.	不，沒有學校。

❶ 병원　　❷ 우체국　　❸ 도서관
❹ 백화점　❺ 은행　　　❻ 공원

4 位置

② N에 있어요/없어요（在N/不在N）

「N에 있어요」接在表示位置的名詞之後，說明人或事物在該處。相反詞是「N에 없어요」則表示不在該處。

例

① 어디**에 있어요**?　　　　　　在哪裡呢？
② 책이 가방**에 있어요**.　　　　書在書包裡。
③ 친구가 도서관**에 없어요**.　　朋友不在圖書館。
④ 지하철역이 어디**에 있어요**?　捷運站在哪裡呢？
⑤ A : 마이클이 어디**에 있어요**?　麥可在哪裡呢？
　 B : 은행**에 있어요**.　　　　　他在銀行。
⑥ A : 제임스가 교실**에 있어요**?　詹姆斯在教室嗎？
　 B : 아니요, 교실**에 없어요**.　不，他不在教室。

「N에」可以放置於「N이/가」之前面。
例如：

- 학생들이 교실에 있어요.　　　　學生們在教室。
  = 교실에 학생들이 있어요.　　　教室裡有學生們。
- 유카 씨가 버스정류장에 있어요.　由夏小姐在公車站。
  = 버스정류장에 유카 씨가 있어요.　在公車站有由夏小姐。
- 가방에 뭐가 있어요?　　　　　　在包包裡有什麼？

학생들　學生們

練習文法

1. 請參考【範例】，並試著說說看。

例

볼펜　　볼펜이 가방에 있어요.　原子筆在書包裡。

모자　　모자가 가방에 없어요.　帽子不在書包裡。

① 시계　② 휴대폰　③ 안경
④ 우산　⑤ 지갑　⑥ 책

2. 請參考【範例】，並試著提問與回答。

例)

볼펜
A : 가방에 볼펜이 있어요?　　書包裡有原子筆嗎？
B : 네, 가방에 볼펜이 있어요.　是的，書包裡有原子筆。

모자
A : 가방에 모자가 있어요?　　書包裡有帽子嗎？
B : 아니요, 가방에 모자가 없어요.　不，書包裡沒有帽子。

❶ 시계　　❷ 휴대폰　　❸ 안경
❹ 우산　　❺ 지갑　　　❻ 책

3. 請參考【範例】，並試著提問與回答。

例)

교실 / 책상
A : 교실에 뭐가 있어요?　在教室有什麼？
B : 책상이 있어요.　　　有書桌。

방 房間
침대 床

❶ 교실 / 의자　　❷ 교실 / 컴퓨터　　❸ 가방 / 우산
❹ 가방 / 핸드폰　❺ 방 / 침대　　　　❻ 방 / 텔레비전

4. 請參考【範例】，並試著和班上同學練習對話。

타이베이 臺北
근처 附近

例)

A : 집이 어디에 있어요?
　　你家在哪裡？

타이페이 / 공원
B : __타이베이__ 에 있어요.　在臺北。
A : 집 근처에 뭐가 있어요?　家附近有什麼呢？
B : __공원__ 이 있어요.　有公園。

	나	친구1	친구2	친구3
집이 어디에 있어요?				
집 근처에 뭐가 있어요?				

③ N위/아래/앞/뒤/안/밖/옆/사이 (N上面/下面/前面/後面/裡面/外面/旁邊/之間)

接續在名詞之後，以該名詞為基準，表示人或事物的位置。
例如：

・以書桌為基準，指出書在上面的位置時：
　책이 책상 **위**에 있어요.　　　　書在書桌上面。
・椅子為基準，指出包包在下面的位置時：
　가방이 의자 **아래**에 있어요.　　包包在椅子下面。

例

❶ 공원 **앞**에 시장이 있어요.　　　公園前面有市場。
❷ 우리 집 **뒤**에 가게가 있어요.　　我家後面有商店。
❸ 우산이 가방 **안**에 있어요.　　　雨傘在包包裡。
❹ 사람들이 건물 **밖**에 있어요.　　人們在大樓外面。
❺ A：지현 씨 **옆**에 누가 있어요?　誰在智賢小姐旁邊呢？
　 B：웨이링 씨가 있어요.　　　　　瑋玲小姐在她的旁邊。
❻ A：우체국이 어디에 있어요?　　　郵局在哪裡呢？
　 B：은행하고 병원 **사이**에 있어요.　在銀行和醫院的中間。

사람들　人們
건물　大樓、建築
누가　誰

練習文法

1. 請參考【範例】，並寫出合適的答案。

例) 
A：고양이가 의자 위에 있어요? 貓在椅子上嗎？
B：아니요, 의자 <u>옆</u>에 있어요. 不，在椅子旁邊。

| 고양이 貓 |
| 상자 箱子 |

❶ A：고양이가 의자 옆에 있어요?
B：아니요, 의자 _____에 있어요.

❷ A：고양이가 의자 앞에 있어요?
B：아니요, 의자 _____에 있어요.

❸ A：고양이가 상자 뒤에 있어요?
B：아니요, 상자 _____에 있어요.

❹ A：고양이가 상자 안에 있어요?
B：아니요, 상자 _____에 있어요.

2. 請參考【範例】，並試著提問與回答。

例) **커피숍 / 극장**

A：**커피숍**이 어디에 있어요? 咖啡店在哪裡？
B：**극장 아래**에 있어요. 在電影院下方。

❶ 극장 / 커피숍　　❷ 은행 / 극장
❸ 병원 / 극장　　　❹ 식당 / 우체국, 백화점
❺ 백화점 / 식당　　❻ 버스정류장 / 백화점

④ N에 가요/와요 （去/來N）

「N에 가요/와요」接續在場所名詞之後，表示去或來該目的地。

例

❶ A : 어디**에 가요**?　　　　　你去哪裡？
　　B : 학교**에 가요**.　　　　　我去學校。

❷ A : 집**에 가요**?　　　　　　你回家嗎？
　　B : 네, 집**에 가요**.　　　　是，我回家。

❸ A : 은행**에 가요**?　　　　　你去銀行嗎？
　　B : 아니요, 우체국**에 가요**.　不，我去郵局。

❹ 친구가 우리 집**에 와요**.　　　朋友來我家。

❺ A : 마이클은 오늘 학교**에 와요**?　麥可今天來學校嗎？
　　B : 아니요, 학교**에 안 와요**.　　不，他沒來學校。

❻ A : 오늘 어디**에 가요**?　　　你今天去哪裡？
　　B : 커피숍**에 가요**.　　　　我去咖啡店。
　　A : 커피숍**에서** 뭐 해요?　　在咖啡店做什麼呢？
　　B : 커피숍**에서** 친구를 만나요.　在咖啡店和朋友見面。

> 가다　去
> 오다　來

補充

에/에서

　　「에」和「에서」都是加在場所名詞後面，「에」表達移動或存在與否時使用，如「N에 가요/와요」（去/來N）或「N에 있어요/없어요」（在/不在N），而「에서」表達某個行為或動作發生的地點，所以總是與動作動詞一起使用。

例

- 학교**에** 가요.　　　　　去學校。
  학교**에서** 공부해요.　　在學校讀書。
- 극장**에** 가요.　　　　　去電影院。
  극장**에서** 영화를 봐요.　在電影院看電影。
- 저는 오늘 집**에** 있어요.　我今天在家。
  집**에서** 쉬어요.　　　　在家裡休息。

練習文法

1. 請參考【範例】,並試著回答問題及完成句子。

例

A : 어디에 가요?　　　你去哪裡?
B : <u>공원에 가요</u>.　　我去公園。

공원

❶ 
B : _____.

❷ 
B : _____.

❸ 
B : _____.

❹ 
B : _____.

2. 請參考【範例】,並試著提問與回答。

| 거기 | 那裡 |
| 과일 | 水果 |

例

A : 어디에 가요?　　　去哪裡?
B : 공원에 가요.　　　去公園。
A : 거기에서 뭐 해요?　在那裡做什麼?
B : 공원에서 운동해요.　在公園運動。

공원 / 운동하다

❶ 극장 / 영화를 보다　　　❷ 편의점 / 커피를 사다

❸ 회사 / 일하다　　　　　❹ 가게 / 가방을 사다

❺ 시장 / 과일을 사다　　　❻ 도서관 / 책을 읽다

聽力與會話

▷ 聽力

1. 請聽音檔內容，並選出正確的選項。 ▶MP3-97

❶ [○]　[×]
❷ [○]　[×]
❸ [○]　[×]
❹ [○]　[×]

2. 請聽音檔對話，並選出正確的選項。 ▶MP3-98

지현하고 웨이링은 오늘 어디에 가요?　智賢和瑋玲今天去哪裡？

❶ 　지현　●

❷ 　웨이링　●

ⓐ
ⓑ
ⓒ
ⓓ

138

對話與敘述

會話 1 ▶MP3-99

메 이 : 지현 씨, 제 책상 위에 지갑이 있어요?
지 현 : 아니요. 없어요.
　　　　컴퓨터하고 시계가 있어요.
메 이 : 컴퓨터 옆에 지갑이 없어요?
지 현 : 아, 컴퓨터 뒤에 있어요.

會話 2 ▶MP3-100

지 현 : 지호 씨, 대만은행이 어디에 있어요?
지 호 : 우리 학교 근처에 있어요.
지 현 : 학교 근처 어디에 있어요?
지 호 : 학교 뒤에 버스정류장이 있어요.
　　　　대만은행은 버스정류장 옆에 있어요.
지 현 : 아 네, 고마워요.

대만은행	臺灣銀行
고마워요	謝謝

敘述 ▶MP3-101

우리 집은 타이베이에 있어요.
집 앞에는 버스정류장이 있어요.
집 옆에는 은행하고 우체국이 있어요.
집 뒤에는 공원이 있어요.
저는 그 공원에 자주 가요.
공원에서 운동해요.

그	那

閱讀與寫作

▷ 閱讀

請仔細閱讀以下短文,並回答問題。

> 우리 집은 서울 남산 근처에 있어요. 남산에는 N서울타워하고 공원이 있어요. 저는 그 공원에서 운동해요. 남산 근처에는 명동이 있어요. 명동에는 백화점, 가게 그리고 커피숍이 많아요. 그래서 저는 명동에 자주 가요.
> 우리 학교는 신촌에 있어요. 신촌에는 대학교, 극장, 식당이 많아요. 신촌 근처에 홍대입구가 있어요. 우리 학교 학생들은 홍대입구에 자주 가요. 저도 보통 홍대입구에서 친구를 만나요.

(1) 이 사람 학교는 어디에 있어요? 學校在哪裡?
　　_____.

(2) 맞는 것을 고르세요. 請選出正確的選項。
　　❶ 남산 근처에 명동이 있어요.　　　　[○] [×]
　　❷ 오늘도 명동에 가요.　　　　　　　[○] [×]
　　❸ 신촌 근처에 홍대입구가 있어요.　　[○] [×]
　　❹ 오늘 홍대입구에서 친구를 만나요.　[○] [×]

많다	多的
그래서	所以
보통	通常
홍대입구	弘大入口

▷ 寫作

各位的學校或者家在哪裡呢?學校和家附近有什麼呢?請試著寫下來。

_____
_____
_____
_____
_____
_____

發音

▷ 尾音「ㄴ」、「ㅁ」、「ㅇ」

尾音「ㄴ」和「ㅇ」的發音聽起來相似，但發音時舌位不同。「ㄴ」發音時，是將舌尖碰到上牙齦，而「ㅇ」發音時，則是將舌頭貼在下顎。而「ㅁ」是閉上嘴唇發音。

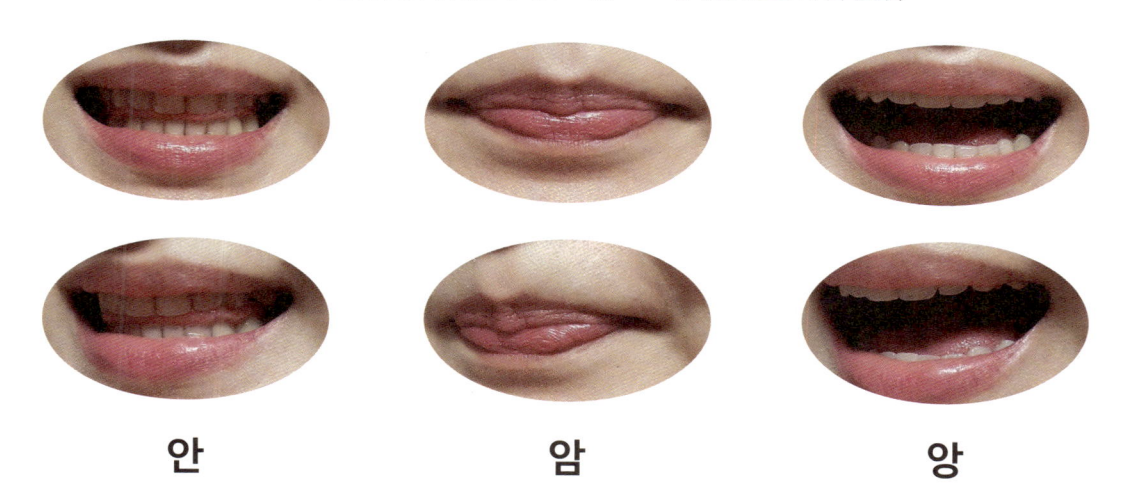

안　　　　　　암　　　　　　앙

練習發音

1. 請聽音檔，並且跟著唸。 ▶MP3-102

- 안경　眼鏡
- 은행　銀行
- 병원　醫院
- 공원　公園
- 이름　名字
- 사람　人
- 선생님　老師

2. 請聽音檔，並且跟著唸。 ▶MP3-103

❶ A：한국어 선생님은 대만 사람이에요?　　韓文老師是臺灣人嗎？
　 B：아니요, 우리 선생님은 한국 사람이에요.　不，我們的老師是韓國人。

❷ A：어디에 가요?　　去哪裡？
　 B：은행하고 병원에 가요.　去銀行和醫院。

4 位置

141

認識韓國

서울 어디에 가요? 首爾景點

　　你去過首爾嗎？去過哪裡呢？

　　N首爾塔位於韓國首爾景色優美的南山山頂，是韓國和首爾象徵性的地標。而明洞則是年輕人及遊客常造訪的地區，是首爾各大化妝品、護膚品專賣店及時裝店等具有代表性的購物區。首爾的大學路沒有大學，但是有公園，以及許多戲劇、話劇、歌劇、音樂劇場，是首爾代表性的文化大街。此外，仁寺洞有許多的畫廊、美術館、古董店及工藝品商店，是個文化藝術街。新村一帶有延世大學、梨花女子大學、西江大學和弘益大學等學校，讓這一區域有獨樹一格的學風，附近更有商店、百貨公司、餐廳、酒吧、網咖等娛樂場所，是年輕人經常聚集的地區。

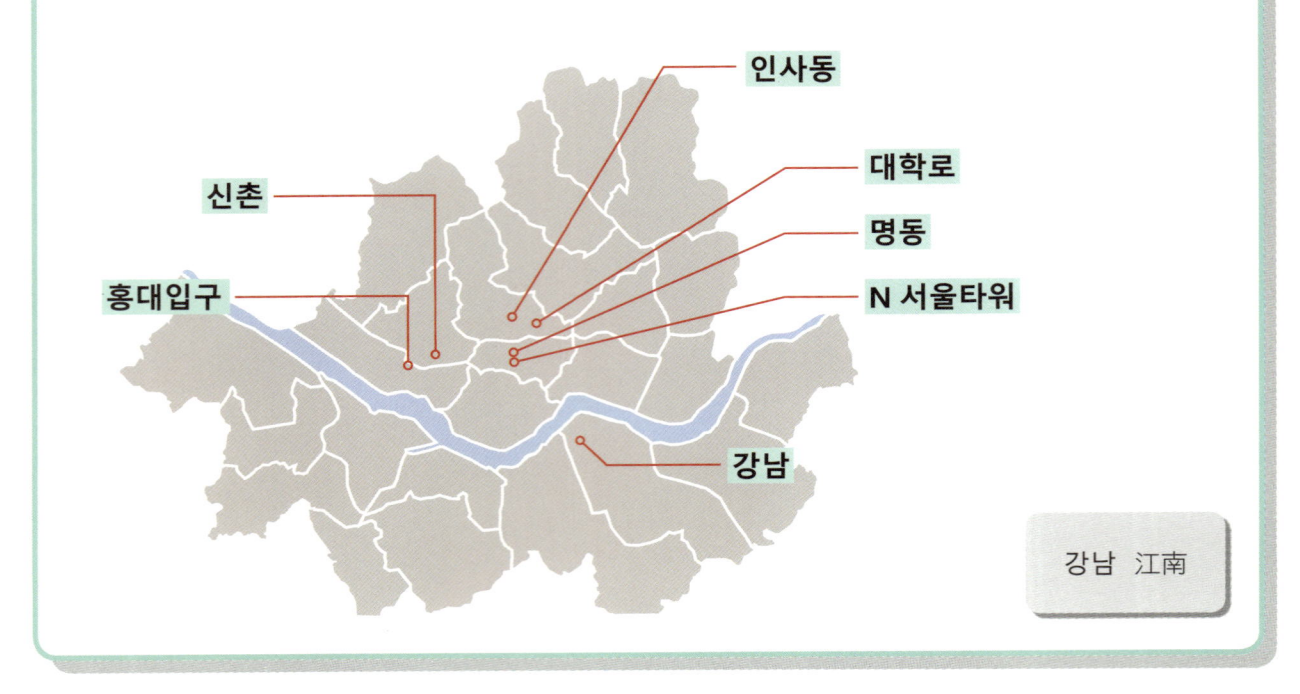

- 인사동
- 대학로
- 명동
- N 서울타워
- 신촌
- 홍대입구
- 강남

강남 江南

5 물건사기 買東西

❖ 學 習 目 標：購物與點菜
❖ 詞彙與表達：數字、物品、食物
❖ 文法與表現：V-(으)세요
　　　　　　　N하고、와/과
　　　　　　　單位N
　　　　　　　N도
❖ 聽力與會話：關於在商店買東西、在餐廳點菜的對話
❖ 閱讀與寫作：閱讀菜單，練習寫一篇關於自己的飲食生活的文章
❖ 發　　　音：激音化
❖ 文　　　化：韓國的貨幣

詞彙與表達

▷ 單字

숫자 純韓語數字　▶MP3-104

하나	一	일	원	元（韓國貨幣單位）
둘	二	이	백	一百
셋	三	삼	이백	兩百
넷	四	사	삼백	三百
다섯	五	오	천	一千
여섯	六	육	이천	兩千
일곱	七	칠	삼천	三千
여덟	八	팔	만	一萬
아홉	九	구	이만	兩萬
열	十	십	삼만	三萬

說說看　▶MP3-105

백 원이에요.　是一百元。
천 원이에요.　是一千元。
만 원이에요.　是一萬元。

편의점 물건 便利商店的物品　▶MP3-106

과자	餅乾	우유	牛奶
컵라면	杯麵	물	水
도시락	便當	콜라	可樂
삼각김밥	三角飯糰	맥주	啤酒
샌드위치	三明治	휴지	面紙

說說看　▶MP3-107

과자 있어요?　　　　　　有餅乾嗎？
도시락이 없어요.　　　　沒有便當。
컵라면하고 **삼각김밥**을 먹어요.　吃杯麵和三角飯糰。

✏ 請用韓文寫下自己在便利商店常買的物品。→ _____

▷ 字彙練習

1. 請看圖片,並在空格中寫出正確的單字。

하나 천 원			사천 원	
		여덟		만 원

2. 請看圖片,並在空格中寫出正確的單字。參考【範例】,並試著提問與回答。

① _____ 便當
② _____ 牛奶
③ _____ 杯麵
④ _____ 咖啡
⑤ _____ 三明治
⑥ _____ 可樂
⑦ _____ 麵包
⑧ _____ 三角飯糰

例　커피
A : 커피 있어요?　有咖啡嗎?
B : 네, 있어요.　是的,有。

과자
A : 과자 있어요?　有餅乾嗎?
B : 아니요, 없어요.　不,沒有。

① 우유　② 샌드위치　③ 물
④ 컵라면　⑤ 맥주　⑥ 도시락

145

文法與表現

① V-(으)세요（請V）

「(으)세요」是恭敬地向他人指示、命令、建議或請求時使用。接續在動詞後面，動詞有尾音時，要加上「으세요」，沒有尾音時，則加上「세요」。
例如：

有尾音V＋으세요	沒有尾音V＋세요
읽으세요 請讀	오세요 請來
앉으세요 請坐	주세요 請給我
웃으세요 請笑	기다리세요 請稍等

앉다 坐
웃다 笑
주다 給
기다리다 等
여기 這裡
좀 稍微、一下
쓰다 寫

補充

向別人請求時，可以與「좀」一起使用，有「勞駕」、「請」的意思，表示謙讓恭敬的感覺。

例

❶ 어서 오세요.　　　歡迎光臨。
❷ 커피 좀 주세요.　　請給我咖啡。
❸ 여기를 보세요.　　請看這裡。
❹ 여기에 쓰세요.　　請寫在這裡。
❺ 여기에 앉으세요.　請坐這裡。
❻ 잘 들으세요.　　　請聽。

練習文法

1. 請寫出下列動詞正確的「-(으)세요」語尾變化。

V	- 세요	V	- 세요	V	- 으세요
가다	가세요	기다리다		읽다	
보다		쉬다		앉다	
주다		숙제하다		웃다	

2. 請參考【範例】，寫出合適的答案，並試著提問與回答。

例　A : 오늘 지현 씨 생일이에요.　　　　　今天是智賢小姐的生日。

　　B : 그래요? 그럼 케이크를 ___사세요___. (사다)　是嗎？那麼請買蛋糕。

❶ A : 시험이 있어요.

　 B : 그럼 _____. (공부하다)

❷ A : 어제도 오늘도 아르바이트를 했어요.

　 B : 그럼 좀 _____. (쉬다)

❸ A : 뒤에 자리가 없어요.

　 B : 그럼 여기에 _____. (앉다)

❹ A : 여기 물 좀 _____. (주다)

　 B : 네, 잠시만 _____. (기다리다)

시험　考試
자리　座位
잠시만　一會兒

② N하고、와 / 과（和N）

「하고」、「와 / 과」使用在名詞和名詞之間，表示「和」。前面的名詞最後一個字有尾音時要加「과」，沒有尾音時則加「와」。而「하고」是無論有沒有尾音，都可以使用。
例如：

有尾音N + 과	沒有尾音N + 와
빵과 커피　麵包和咖啡	커피**와** 빵　咖啡和麵包

「와/과」常用於文章或正式場合的對話中，「하고」則在日常對話中經常使用。「와/과」的意思類似中文的「與」，而「하고」則類似中文的「和」。另外，用於口語的「(이)랑」類似中文「跟」的意思。

例

① 커피**와** 빵을 사요.　　　　　　　買咖啡和麵包。
② 물**과** 과자를 사요.　　　　　　　買水和餅乾。
③ 선생님**과** 친구가 교실에 있어요.　老師和朋友在教室。
④ 샌드위치**하고** 커피 주세요.　　　請給我三明治和咖啡。
⑤ 도시락**하고** 컵라면을 먹어요.　　吃便當和杯麵。
⑥ 물**이랑** 주스를 사요.　　　　　　買水和果汁。

「하고」、「와 / 과」用於連接兩個以上的名詞時，不可以用來連接句子。
例如：

밥을 먹어요. 하고 커피를 마셔요.　　（×）吃飯，還有喝咖啡。
→ 밥을 먹어요. **그리고** 커피를 마셔요.　（○）

練習文法

1. 請參考【範例】,並選出合適的答案。

例) 빵(와 /(과)) 우유예요.　是麵包和牛奶。

①  샌드위치(와 / 과) 커피예요.

②  우유(와 / 과) 컵라면이에요.

③  도시락(와 / 과) 콜라예요.

④  삼각김밥(와 / 과) 물이에요.

2. 請參考【範例】,並試著提問與回答。

뭘 드릴까요？ 您需要什麼呢？

例) 
A：뭘 드릴까요?　您需要什麼呢？
B：빵하고 우유 주세요.　請給我麵包和牛奶。

①  ②  ③  ④

③ 單位N（量詞）：개/병/잔/명（個、瓶、杯、名）

「개/병/잔/명」（個、瓶、杯、名）是計算人或事物的單位詞，在計算人數或事物數量時使用。根據事物種類不同，也會使用不同的單位名詞（量詞），「개/병/잔/명」是常使用的單位名詞。在純韓語數字後面加上單位名詞即可。

例如：

하나	둘	셋	넷	다섯	여섯	일곱	여덟	아홉	열
한 개	두 개	세 개	네 개	다섯 개	여섯 개	일곱 개	여덟 개	아홉 개	열 개
한 병	두 병	세 병	네 병	다섯 병	여섯 병	일곱 병	여덟 병	아홉 병	열 병
한 잔	두 잔	세 잔	네 잔	다섯 잔	여섯 잔	일곱 잔	여덟 잔	아홉 잔	열 잔
한 명	두 명	세 명	네 명	다섯 명	여섯 명	일곱 명	여덟 명	아홉 명	열 명

用韓語單位名詞來表現人或事物的數量時，順序是「名詞＋純韓語數字＋單位名詞」。

例如：

> 名詞＋純韓語數字＋單位名詞
> 라면 한 **개**　　一個泡麵
> 주스 두 **병**　　兩瓶果汁
> 커피 세 **잔**　　三杯咖啡
> 친구 네 **명**　　四個朋友

補充

「1、2、3、4」後面加單位名詞時，不是使用「하나、둘、셋、넷」，而是使用「**한、두、세、네**」。

用韓語數人數時，不可使用「개」，要使用「명」（名）才正確。

例如：
　친구 한 개　（×）一個朋友
→ 친구 한 명　（○）

例

❶ 우유 **한 개** 주세요.　　　　　　請給我一個牛奶。
❷ 콜라 **두 병**을 사요.　　　　　　買兩瓶可樂。
❸ 컵라면 **세 개**하고 빵 **네 개** 주세요.　請給我三個杯麵和四個麵包。
❹ 커피 **한 잔** 주세요.　　　　　　請給我一杯咖啡。
❺ 형이 **한 명** 있어요.　　　　　　有一個哥哥。
❻ 물 **다섯 병** 주세요.　　　　　　請給我五瓶水。

練習文法

1. 請參考【範例】,並寫出合適的答案。

例) 과자 __두 개__ 주세요.　請給我兩個餅乾。

① 물 _____ 주세요.

② 컵라면 _____ 주세요.

③ 우유 _____ 주세요.

④ 커피 _____ 주세요.

2. 請參考【範例】,並試著提問與回答。

例) 
A : 뭘 드릴까요?　您需要什麼呢?
B : <u>삼각김밥 네 개</u> 주세요.　請給我四個三角飯糰。

A : 뭘 드릴까요?　您需要什麼呢?
B : <u>빵 두 개</u>하고 <u>우유 세 개</u> 주세요.
請給我兩個麵包和三個牛奶。

① ② ③

④ ⑤ ⑥

3. 請參考【範例】，寫出合適的答案，並試著練習提問與回答。

例　　　　　　　　A：얼마예요?　　　多少錢？
　　₩800　　　　B：_팔백 원_이에요.　800元。

❶ ₩1,300　　　❷ ₩3,600　　　❸ ₩5,700
_____　　_____　　_____

❹ ₩11,900　　❺ ₩23,400　　❻ ₩10,800
_____　　_____　　_____

❼ ₩111,000　　❽ ₩123,400　　❾ ₩567,800
_____　　_____　　_____

얼마예요? 多少錢？
원　元
100　백
200　이백
300　삼백
400　사백
1,000　천
1,100　천백
5,000　오천
6,000　육천
7,000　칠천
8,000　팔천
10,000　만
11,000　만천
90,000　구만
100,000　십만
1,000,000　백만
1,100,000　백십만

4. 請參考【範例】，並試著提問與回答。

例　　　　　　　A：과자 얼마예요?　餅乾多少錢？
　₩1,000　　　B：천 원이에요.　　1000元。

❶ ₩3,850
❷ ₩2,500
❸ ₩1,340
❹ ₩120,000
❺ ₩59,000
❻ ₩291,000

5. 請參考【範例】，並試著提問與回答。

例

₩5,000

A：뭘 드릴까요?　　　　您需要什麼呢？
B：빵 주세요.　　　　　請給我麵包。
A：몇 개 드릴까요?　　　您需要幾個？
B：두 개 주세요. 얼마예요?　請給我兩個。多少錢？
A：오천 원이에요.　　　五千元。

❶ ₩3,900

❷ ₩2,800

❸ ₩1,500

❹ ₩4,600

6. 請參考【範例】，請試著提問與回答。

| 죄송합니다 | 很抱歉 |

例

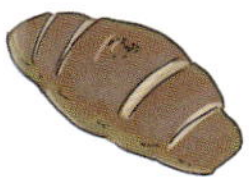

₩2,500

A：뭘 드릴까요?　　　　　　您需要什麼呢？
B：샌드위치 주세요.　　　　請給我三明治。
A：죄송합니다.　　　　　　很抱歉。
　　지금 샌드위치가 없어요.　現在沒有三明治。
B：그럼 빵 주세요. 얼마예요?　那麼請給我麵包。多少錢？
A：이천오백 원이에요.　　　兩千五百元。

❶ ₩1,200

❷ ₩1,300

❸ ₩1,400

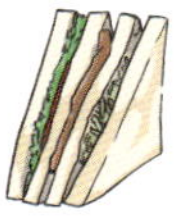

❹ ₩1,500

④ N도（N也）

「도」加在名詞後面使用，表示「也」的意思。當某事物和其他事物具有相同情況或相同屬性使用。

| 음악 音樂 |

例

❶ 저는 학생이에요. 제 친구**도** 학생이에요.
我是學生。我的朋友也是學生。

❷ 민호 씨는 한국 사람이에요. 지현 씨**도** 한국 사람이에요.
敏鎬先生是韓國人。智賢小姐也是韓國人。

❸ 웨이링 씨는 한국 음악을 좋아해요. 에린 씨**도** 한국 음악을 좋아해요.
瑋玲小姐喜歡韓國音樂。艾琳小姐也喜歡韓國音樂。

❹ 마이클 씨는 한국어를 배워요. 태권도**도** 배워요.
麥可先生學韓語。也學跆拳道。

❺ 유카 씨는 한국 드라마를 자주 봐요. 한국 음악**도** 자주 들어요.
由夏小姐常常看韓劇。也常常聽韓國音樂。

❻ 빵 주세요. 그리고 커피도 주세요.
請給我麵包，還有請給我咖啡。

「도」能代替助詞「은/는」、「이/가」、「을/를」，但不能與「은/는」、「이/가」、「을/를」等助詞一起使用。
例如：

저는도 학생이에요.　　（×）我也是學生。
→ 저**도** 학생이에요.　　（○）
비빔밥을도 먹어요.　　（×）也吃拌飯。
→ 비빔밥**도** 먹어요.　　（○）

與其他助詞也可以一起使用。
例如：

오늘 극장에 가요. 백화점에**도** 가요.
今天去電影院。也去百貨公司。

도서관에서 공부해요. 집에서**도** 공부해요.
在圖書館念書。也在家裡念書。

1. 請參考【範例】，並試著提問與回答。

例)

A：뭐 사요?　　　　　　買什麼？
B：우유를 사요.　　　　　買牛奶。
　　그리고 빵도 사요.　　還有也買麵包。

❶ (三明治 + 水)

❷ (洋芋片 + 可樂)

❸ (杯麵 + 果汁)

❹ (飯糰 + 咖啡)

2. 請參考【範例】，並試著提問與回答。

例)

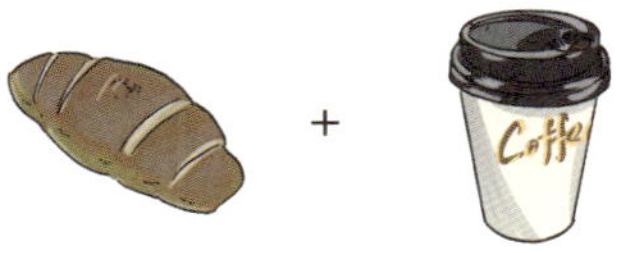

A：뭘 드릴까요?　　　　　　您需要什麼呢？
B：빵 주세요.　　　　　　　請給我麵包。
　　그리고 커피도 한 잔 주세요.　還有請給我一杯咖啡。

❶ (牛奶 + 麵包)

❷ (洋芋片 + 可樂兩瓶)

❸ (三明治 + 水)

❹ (杯麵 + 果汁兩瓶)

5 買東西

155

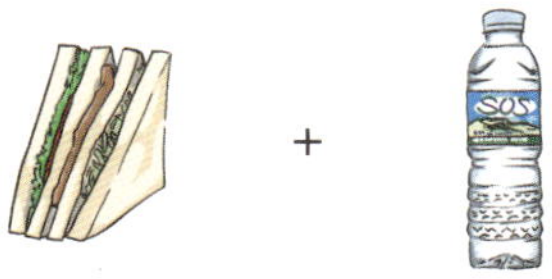

聽力與會話

▷ 聽力

1. 請聽音檔對話，並連接正確的圖案。 ▶MP3-108

❶ •　　　　　　　ⓐ 🥪 + ☕

❷ •　　　　　　　ⓑ ☕☕ + 🥐🥐🥐

❸ •　　　　　　　ⓒ 🥐 + 🧃

❹ •　　　　　　　ⓓ 🍙🍙

2. 請聽音檔對話，並選出正確的選項。 ▶MP3-109

（1）무엇을 몇 개 사요? 買什麼東西? 買幾個？

❶ 🥐 ☕　　❷ 🥐🥐 ☕　　❸ 🥐 ☕☕　　❹ 🥐🥐 ☕☕

（2）얼마예요? 多少錢？

❶ 13,400원
❷ 14,300원
❸ 14,400원

| 있습니다 有 |
| 모두 全、都 |

▷ 對話與敘述

會話 1 ▶MP3-110

점   원 : 어서 오세요. 뭘 드릴까요?
손   님 : 카페라테 한 잔 주세요.
　　　　그리고 샌드위치 있어요?
점   원 : 죄송합니다. 지금 샌드위치는 없어요.
　　　　빵하고 케이크가 있어요.
손   님 : 그럼 빵 두 개 주세요.
점   원 : 네, 잠시만 기다리세요. 여기 있어요.
손   님 : 얼마예요?
점   원 : 육천오백 원이에요.

| 점원 店員 |
| 손님 客人 |
| 카페라테 拿鐵 |

會話 2 ▶MP3-111

손   님 : 우산 있어요?
종업원 : 네, 있어요.
손   님 : 얼마예요?
종업원 : 만 오천 원이에요
손   님 : 만 오천 원이요? 다른 건 없어요? 저 우산은 얼마예요?
종업원 : 팔천 원이에요.
손   님 : 그럼 저거 두 개 주세요.
종업원 : 네, 모두 만 육천 원입니다.

| 다른 건 別的 |
| 저 那 |
| 저거 那個 |
| 입니다 是 |

敘述 ▶MP3-112

오늘 친구하고 편의점에 가요. 우리는 편의점에서 밥을 먹어요.
친구는 빵하고 주스 한 병을 사요.
저는 삼각김밥 한 개하고 라면 한 개, 커피도 두 잔 사요.
친구하고 저는 모두 커피를 좋아해요.
커피 하나는 내가 마셔요. 하나는 친구를 줘요.

| 주다 給 |

閱讀與寫作

▷ 閱讀

請仔細閱讀以下招牌後並回答問題。

招牌一：
SET 샌드위치 아메리카노 7,000원
Sandwich
Americano

招牌二：
케이크 2,500원
샌드위치 3,800원
아이스커피 3,400원
에스프레소 4,200원
Take out 5%↓

（1）샌드위치와 아메리카노는 얼마예요?　三明治與美式咖啡多少錢？

_____ :

（2）맞는 것을 고르세요.　請選出正確的選項。

　❶ 아이스커피는 사천 삼백 원이에요.　　　　［ ○ ］［ × ］
　❷ 커피숍에 케이크와 샌드위치도 있어요.　　［ ○ ］［ × ］
　❸ 케이크와 에스프레소는 육천 칠백 원이에요.　［ ○ ］［ × ］

▷ 寫作

今天買什麼，請試著寫下來自己今天購買的東西和價錢。

發音

▷ 激音化

當收尾音為「ㄱ / ㄷ / ㅂ / ㅈ」，且遇到後一個音節的初聲為「ㅎ」的時候，或是收尾音為「ㅎ」，且遇到後一個音節的初聲為「ㄱ / ㄷ / ㅂ / ㅈ」的時候，發音會變成「ㅋ / ㅌ / ㅍ / ㅊ」。

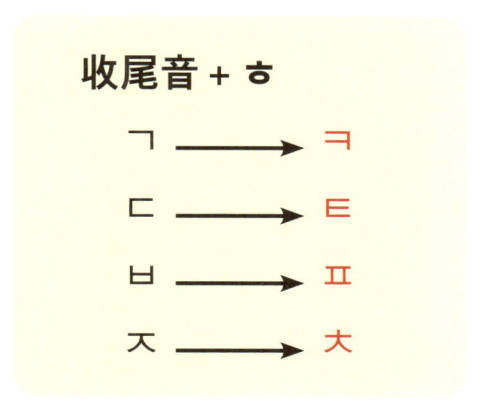

收尾音 + ㅎ

ㄱ ⟶ ㅋ
ㄷ ⟶ ㅌ
ㅂ ⟶ ㅍ
ㅈ ⟶ ㅊ

▷ 練習發音

1. 請聽音檔，並且跟著唸。 ▶MP3-113

- 백화점 → [배콰점]　　百貨公司
- 지갑하고 → [지가파고]　和錢包
- 비빔밥하고 → [비빔바파고]　和拌飯
- 산책해요 → [산채캐요]　散步

2. 請聽音檔，並且跟著唸。 ▶MP3-114

❶ 백화점에서 지갑하고 옷을 사요.　在百貨公司買錢包和衣服。
　[배콰점]　[지가파고]

❷ 책하고 볼펜이 있어요.　有書和原子筆。
　[채카고]

❸ 비빔밥하고 불고기 주세요.　請給我拌飯和烤肉。
　[비빔바파고]

❹ 공원에서 산책해요.　在公園散步。
　　　　　[산채캐요]

認識韓國

한국의 화폐　韓國的貨幣

　　你看過韓國的錢嗎？韓國的貨幣有哪些？

　　韓國的紙幣有1,000元、5,000元、10,000元、50,000元。什麼？居然有50,000的紙幣！請先別驚訝，韓國貨幣的面額雖然很大，但韓幣10,000元，其實大概臺幣270到280元而已。而韓國這些紙幣上，都印有受韓國人敬仰的偉人。1,000元上有朝鮮時代的學者「退溪李滉」（퇴계 이황），5,000元上的「栗谷李珥」（율곡 이이）也是朝鮮時代的學者、政治家，他們都是16世紀朝鮮著名的儒學家。10,000元上印有創造韓國文字的「世宗大王」（세종대왕），50,000元上面則是「申師任堂」（신사임당），她是朝鮮時代有名的畫家，也是栗谷李珥的母親。臺幣呢，臺幣上印什麼呢，你可以說說看嗎？

6 하루일과 日常作息

- ❖ 學 習 目 標：表達時間和日常作息
- ❖ 詞彙與表達：時間1、時間2、動詞
- ❖ 文法與表現：시、분
  N부터 N까지
  V-았어요/었어요/했어요
  V-고
- ❖ 聽力與會話：談論每天做的事情
- ❖ 閱讀與寫作：閱讀生活作息表和一篇文章、寫一篇日常作息相關的文章
- ❖ 發　　　音：몇的發音
- ❖ 文　　　化：韓國人的24個小時

詞彙與表達

▷ 單字

시간 1 : 시、분 時間 1：時/點、分 ▶MP3-115

한	시	1點	일	분	1分
두	시	2點	이	분	2分
세	시	3點	삼	분	3分
네	시	4點	사	분	4分
다섯	시	5點	십	분	10分
여섯	시	6點	십오	분	15分
일곱	시	7點	이십	분	20分
여덟	시	8點	삼십	분	30分
아홉	시	9點		반	半
열	시	10點	오십칠	분	57分
열한	시	11點	오십팔	분	58分
열두	시	12點	오십구	분	59分

說說看 ▶MP3-116

한 **시**예요.　　　　　　一點。
여덟 **시**예요.　　　　　　八點。
열두 **시** 삼십 **분**이에요.　　十二點三十分。

✏ 請用韓文寫下現在幾點幾分。 → _____

시간 2 時間 2 ▶MP3-117

오전	上午			오후	下午
아침	早上、早餐	점심	中午、午餐	저녁	晚上、晚餐
낮	白天			밤	夜晚

162

하루일과 一天的日常作息

일어나다	起床	출근하다	上班	요리하다	煮飯
세수하다	洗臉	퇴근하다	下班	식사하다	用餐
수업이 시작되다	開始上課	청소하다	打掃	샤워하다	洗澡
수업이 끝나다	下課	빨래하다	洗衣服	산책하다	散步

1. _____
2. _____
3. _____
4. _____
5. _____
6. _____
7. _____
8. _____
9. _____
10. _____
11. _____
12. _____

✏️ 請用韓文寫下今天的作息。 → _____

→ _____

→ _____

6 日常作息

字彙練習

1. 請在空格裡填入合適的單字。

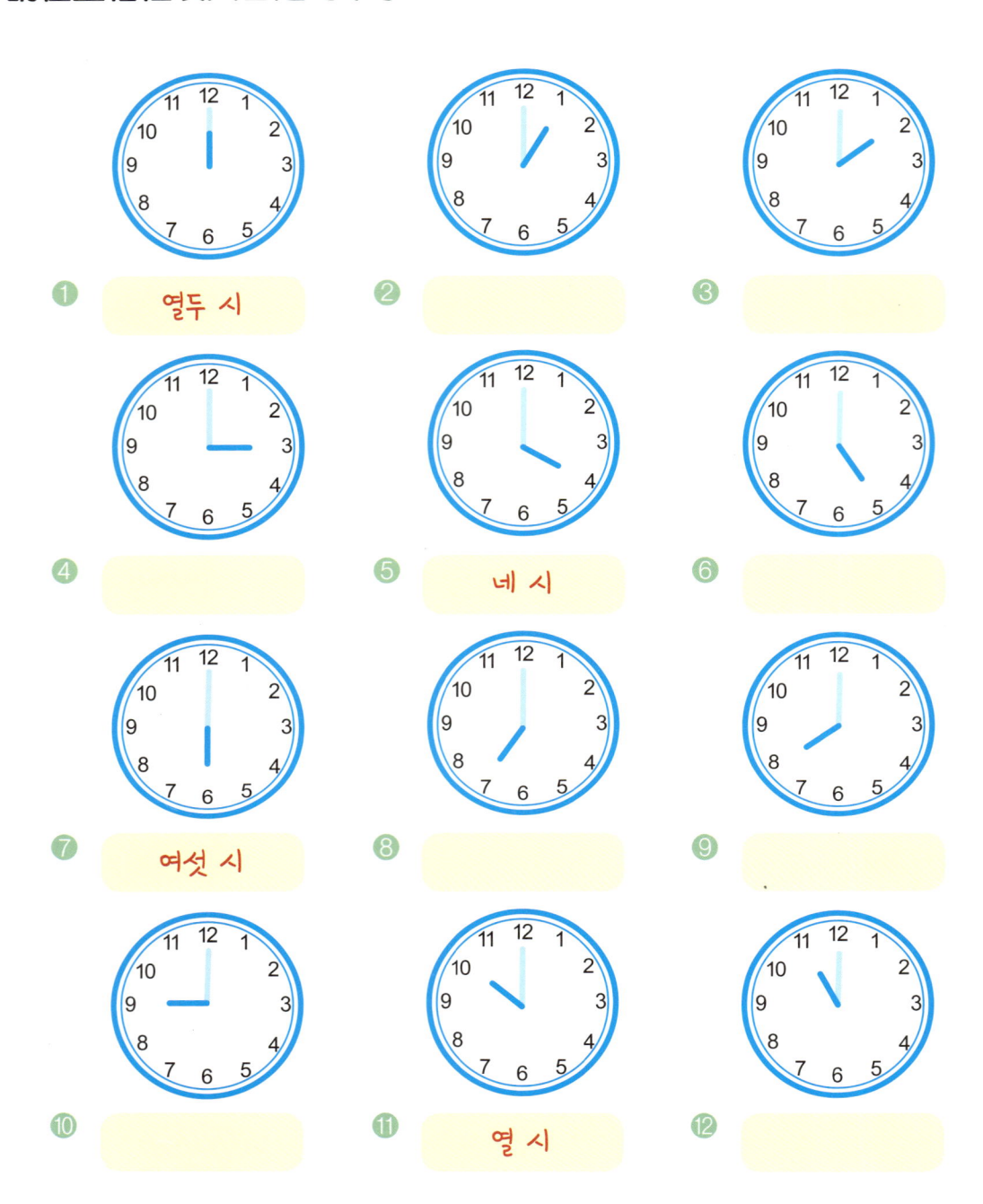

① 열두 시
②
③
④
⑤ 네 시
⑥
⑦ 여섯 시
⑧
⑨
⑩
⑪ 열 시
⑫

2. 請參考【範例】，並寫出合適的答案。

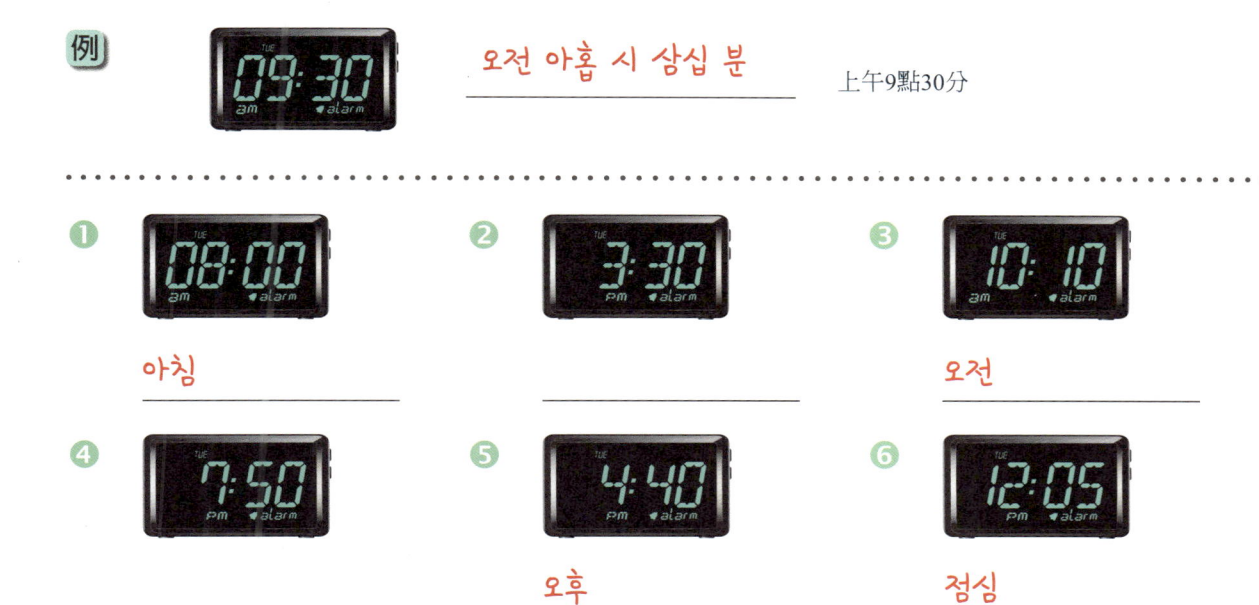

例　09:30　　오전 아홉 시 삼십 분　　上午9點30分

---

❶ 08:00　　아침

❷ 3:30

❸ 10:10　　오전

❹ 7:50

❺ 4:40　　오후

❻ 12:05　　점심

3. 請在空格裡填入合適的單字。

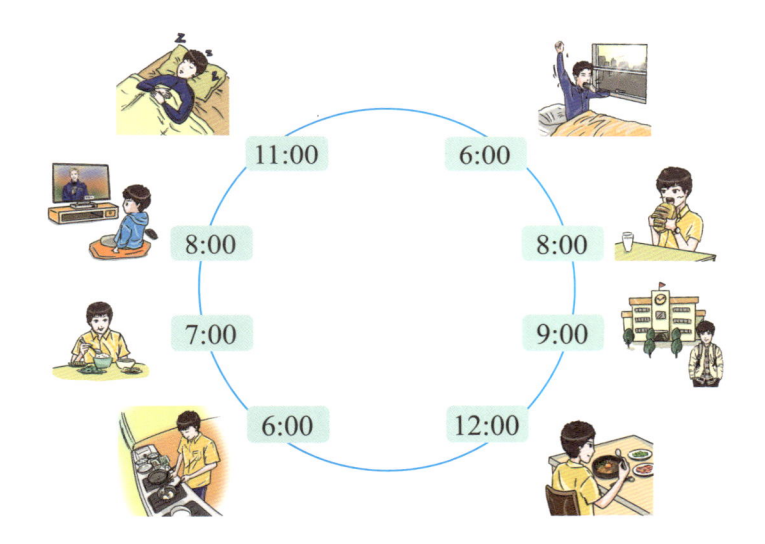

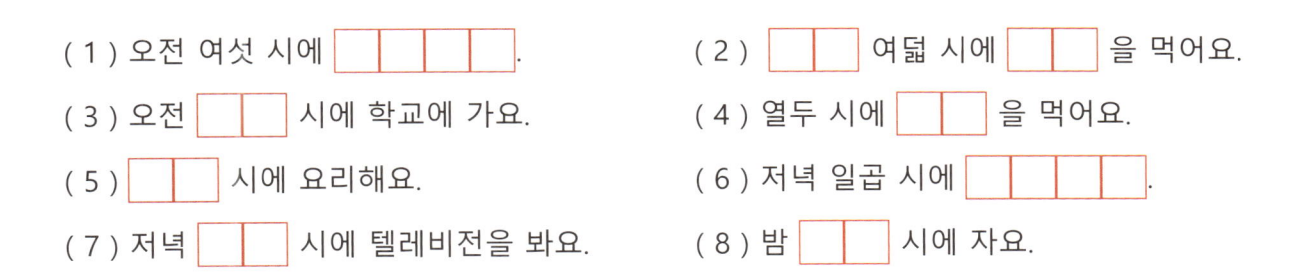

(1) 오전 여섯 시에 ☐☐☐☐.
(2) ☐☐ 여덟 시에 ☐☐ 을 먹어요.
(3) 오전 ☐☐ 시에 학교에 가요.
(4) 열두 시에 ☐☐ 을 먹어요.
(5) ☐☐ 시에 요리해요.
(6) 저녁 일곱 시에 ☐☐☐☐.
(7) 저녁 ☐☐ 시에 텔레비전을 봐요.
(8) 밤 ☐☐ 시에 자요.

文法與表現

① 時間：시、분（點、分）

　　韓語數字有兩種，「漢字音數字」和「純韓語數字」。兩種用法不同，所有的號碼、日期和價格，要使用「漢字音數字」；而計算人或事物的數量時，則要使用「純韓語數字」。至於表達時間時，例如「열 시」（十點）的「十」要使用「純韓語數字」，而「分」要使用「漢字音數字」。

例

버스	公車
보통	通常
쯤	左右

❶ A：몇 시예요?　　　　　　　　　　　　幾點？
　 B：**한** 시 **이십** 분이에요.　　　　　　一點二十分。

❷ A：지금 몇 시 몇 분이에요?　　　　　　現在幾點幾分？
　 B：**열두** 시 **십이** 분이에요.　　　　　十二點十二分。

❸ A：버스가 언제 와요?　　　　　　　　　公車什麼時候來？
　 B：**두** 시 **삼십** 분에 와요.　　　　　　兩點三十分來。

❹ 보통 **열두** 시 **반**에 점심을 먹어요.　　通常十二點半吃午餐。

❺ 어제 아침 **여덟** 시 **사십** 분에 학교에 갔어요.　昨天早上八點四十分去學校。

❻ A：몇 시에 저녁을 먹어요?　　　　　　幾點吃晚餐？
　 B：**여섯** 시쯤 저녁을 먹어요.　　　　　六點左右吃晚餐。

練習文法

1. 請參考【範例】，並試著提問與回答。

例 09:30 am
A：지금 몇 시예요?　　　現在幾點？
B：아홉 시 삼십 분이에요.　九點三十分。

❶ 08:00 am

❷ 3:30 pm

❸ 10:10 am

❹ 7:50 pm

❺ 4:40 pm

❻ 12:05 pm

2. 請參考【範例】，並試著提問與回答。

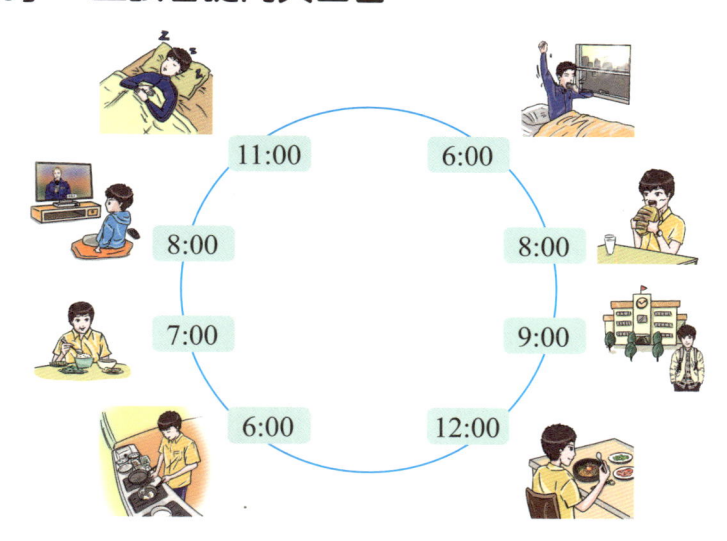

|例| 일어나다 / 6 : 00

A : 몇 시에 일어나요?　　幾點起床？
B : 여섯 시에 일어나요.　六點起床。

❶ 아침을 먹다 / 8 : 00　　❷ 학교에 가다 / 9 : 00
❸ 점심을 먹다 / 12 : 00　❹ 요리하다 / 6 : 00
❺ 저녁을 먹다 / 7 : 00　　❻ 자다 / 11 : 00

3. 請參考【範例】，並試著提問與回答。

|例| 수업이 있다 / 오전

A : 언제 수업이 있어요?　什麼時候有課？
B : 오전에 수업이 있어요.　上午有課。

❶ 수업이 끝나다 / 오후　　❷ 출근하다 / 아침
❸ 식사하다 / 점심　　　　❹ 요리하다 / 저녁
❺ 빨래하다 / 낮　　　　　❻ 산책하다 / 밤

② N부터 N까지（從N到N）

「**부터**」表示「從～開始」,「**까지**」表示「到～為止」。加在時間名詞後面表示某件事情的開始與結束。「**부터**」表示動作或狀態開始的起點,「**까지**」表示動作或狀態結束的終點。

例

1. 9 시**부터** 12 시**까지** 수업이 있어요.　　9點到12點有課。
2. 월요일**부터** 금요일**까지** 학교에 가요.　　星期一到星期五去學校。
3. 6월 10일**부터** 6월 17일**까지** 휴가예요.　　6月10日到6月17日是休假。
4. 7월**부터** 여름 방학이에요.　　從7月開始暑假。
5. 저녁**까지** 숙제를 해요.　　到晚上寫功課。
6. 오늘 아침**부터** 저녁**까지** 일해요.　　今天早上到晚上工作。

| 수업　上課 |
| 휴가　休假 |
| 여름 방학　暑假 |

「부터」和「까지」除了可以一起搭配使用,也可以單獨使用。

例

- 몇 시**까지** 일해요?　　工作到幾點?
- 오늘**부터** 아르바이트해요.　　從今天開始打工。

「부터」和「까지」也表示某範圍的開始與結束。

例

- 1과**부터** 4과**까지** 시험이에요.　　考試是從第1課考到第4課。
- A : 한국어 숙제가 어디**부터** 어디**까지**예요?　　韓語作業從幾頁到幾頁?
  B : 36쪽**부터** 39쪽**까지**예요.　　從35頁到39頁。

| 과　課 |
| 쪽　頁 |

練習文法

1. 請參考【範例】，並寫出合適的答案。

例）

민호는 <u>아홉 시부터 다섯 시까지 일해요</u>.
敏鎬九點到五點工作。

9：00~5：00

------

❶ 유카는 _____.
오후 2：00~4：00

❷ 지호는 _____.
오후 3：00~5：30

❸ 메이는 _____.
오전 8：00~9：00

❹ 지현은 _____.
저녁 6：00~8：00

❺ 마이클은 _____.
오전 9：00~11：00

❻ 웨이링은 _____.
저녁 7：30~8：30

2. 請參考【範例】，寫出適當的答案，並試著提問與回答。

例) 한국어시험: p.121~p.193

A : 한국어 시험이 어디부터 어디까지예요?
韓語考試幾頁到幾頁？
B : 121 쪽부터 193 쪽까지예요.
121頁到193頁。

❶
A : 시험이 언제부터 언제까지예요?

B : _____.

❷
A : 방학이 언제부터예요?

B : _____.

❸
A : 점심 시간이 몇 시부터 몇 시까지예요?

B : _____.

❹
A : 회의가 몇 시부터예요?

B : _____.

③ V - 았어요 / 었어요 / 했어요（動詞的過去式）

「-았/었/했」用來表示「動作、行為的完成」或是「過去發生的事情」。「-았어요 / 었어요 / 했어요」是過去式的語尾。

當要加上動詞過去式的語尾時，首先將現在式語尾的「-요」去掉，再加上「-ㅆ어요」，就會形成過去式。或者要先將原形的「-다」去掉，再依照「-다」前面字的母音可分為3種形態。如果母音為「ㅏ、ㅗ」時，要加上「-았어요」，母音為非「ㅏ、ㅗ」時，則要加上語尾「-었어요」，若原形的語尾為「-하다」時，則要去掉「-하다」，改為「-했어요」。

例

-요 → -ㅆ어요								
母音ㅏ、ㅗ → 았어요			其他母音 → 었어요			하다 → 했어요		
가다	가요	갔어요	쉬다	쉬어요	쉬었어요	일하다	일해요	일했어요
사다	사요	샀어요	먹다	먹어요	먹었어요	공부하다	공부해요	공부했어요
자다	자요	잤어요	읽다	읽어요	읽었어요	숙제하다	숙제해요	숙제했어요
만나다	만나요	만났어요	마시다	마셔요	마셨어요	운동하다	운동해요	운동했어요
보다	봐요	봤어요	배우다	배워요	배웠어요	쇼핑하다	쇼핑해요	쇼핑했어요

＊「가다、사다、자다」的過去式不是「가았어요、사았어요、자았어요」而是「갔어요、샀어요、잤어요」。

補充

「이에요 / 예요」的過去式為「이었어요 / 였어요」。

例如：

저는 학생이에요.　☞　저는 학생**이었어요**.　　我以前是學生。

저는 기자예요.　☞　저는 기자**였어요**.　　我以前是記者。

例

❶ 어제 학교에 **갔어요**.　　　　　昨天去學校。
❷ 주말에 집에서 **쉬었어요**.　　　週末在家休息。
❸ 오늘 오전에 빵을 **먹었어요**.　　今天上午吃了麵包。
❹ 어제 오후에 친구를 **만났어요**.　昨天下午和朋友見了面。
❺ A：어제 뭐 **했어요**?　　　　　昨天做了什麼？
　 B：영화를 **봤어요**.　　　　　　看了電影。
❻ A：숙제를 **했어요**?　　　　　　功課寫了嗎？
　 B：네, **했어요**.　　　　　　　　是，寫了。

練習文法

1. 請寫出動詞的過去式。

母音ㅏ、ㅗ → 았어요		其他母音 → 었어요		하다 → 했어요	
가다		쉬다		일하다	
사다		먹다		공부하다	
자다		읽다		숙제하다	
만나다		마시다		운동하다	
보다		배우다		쇼핑하다	

2. 請參考【範例】，並試著完成句子。

例

공부하다

오늘 __공부해요__. 今天讀書。

어제도 __공부했어요__. 昨天也讀了書。

❶ 텔레비전을 보다

오늘 _____.
어제도 _____.

❷ 친구를 만나다

오늘 _____.
어제도 _____.

❸ 책을 읽다

오늘 _____.
어제도 _____.

❹ 커피를 마시다

오늘 _____.
어제도 _____.

❺ 운동하다

오늘 _____.
어제도 _____.

❻ 일하다

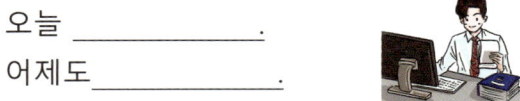

오늘 _____.
어제도 _____.

3. 請參考【範例】，並試著提問與回答。

例 일어나다 / 7:00

A : 몇 시에 일어났어요?　幾點起床？
B : 일곱 시에 일어났어요.　七點起床。

❶ 자다 / 11:00　　　　❷ 수업이 끝나다 / 12:00
❸ 출근하다 / 9:00　　❹ 청소하다 / 5:30
❺ 식사하다 / 6:30　　❻ 산책하다 / 7:30

4. 請參考【範例】，並試著提問與回答。

例

A : 어제 뭐 했어요?　昨天做什麼？
B : 쇼핑했어요. 그리고 영화를 봤어요.
　　購物然後看電影。

❶ 공부하다, 산책하다
❷ 운동하다, 샤워하다
❸ 청소하다, 빨래하다
❹ 요리하다, 식사하다

5. 請參考【範例】，並試著提問與回答。

例

학교 / 한국어를 배우다

A : 어제 어디에 갔어요?　昨天去了哪裡呢？
B : 학교에 갔어요.　去了學校。
A : 거기에서 뭐 했어요?　在那裡做了什麼呢？
B : 한국어를 배웠어요.　學了韓語。

오전 / 도서관, 책을 읽다

A : 오전에 어디에 있었어요?　上午在哪裡呢？
B : 도서관에 있었어요.　在圖書館。
　　도서관에서 책을 읽었어요.　在圖書館唸書了。

❶ 극장 / 영화를 보다
❷ 백화점 / 쇼핑하다
❸ 식당 / 밥을 먹다
❹ 오후 / 커피숍, 친구를 만나다
❺ 주말 / 집, 쉬다
❻ 토요일 / 편의점, 아르바이트하다

④ V고（V然後）

「고」放在兩個動詞的中間，用來表示時間的先後順序連接兩個動詞，相當於中文的「然後」。

例

> 이를 닦다　刷牙
> 손을 씻다　洗手

❶ 숙제하**고** 텔레비전을 봐요.　　　寫功課然後看電視。
❷ 밥을 먹**고** 커피를 마셨어요.　　　吃飯然後喝咖啡。
❸ 이를 닦**고** 세수해요.　　　刷牙然後洗臉。
❹ 손을 씻**고** 식사해요.　　　洗手然後吃飯。
❺ A：오늘 뭐 해요?　　　今天做什麼？
　 B：친구를 만나**고** 밥을 먹어요.　　和朋友見面然後吃飯。
❻ A：어제 뭐 했어요?　　　昨天做了什麼？
　 B：영화를 보**고** 쇼핑했어요.　　　看電影然後購物。

補充

在「고」後面加上動詞時，不能在現在式動詞變化後加上「고」，而是要加在原形動詞後。

例如：

　영화를 봐고 쇼핑했어요.　（×）看電影然後購物。
→ 영화를 **보고** 쇼핑했어요.　（○）
　공부해고 쉬어요.　（×）讀書然後休息。
→ 공부**하고** 쉬어요.　（○）

與動詞連結時，除了不能使用現在式動詞變化，也不能加在過去式時態變化後面。

例如：

　어제 친구를 만났고 밥을 먹었어요.　（×）昨天和朋友見面然後吃飯。
→ 어제 친구를 **만나고** 밥을 먹었어요.　（○）
　어제 숙제를 했고 텔레비전을 봤어요.　（×）昨天寫功課然後看電視。
→ 어제 숙제를 **하고** 텔레비전을 봤어요.　（○）

練習文法

1. 請寫出下列動詞的「고」連結變化。

가다	가고	마시다		일하다	일하고
사다		배우다	배우고	공부하다	
만나다		먹다		숙제하다	
보다		읽다		운동하다	

2. 請參考【範例】，並試著寫出完整的句子。

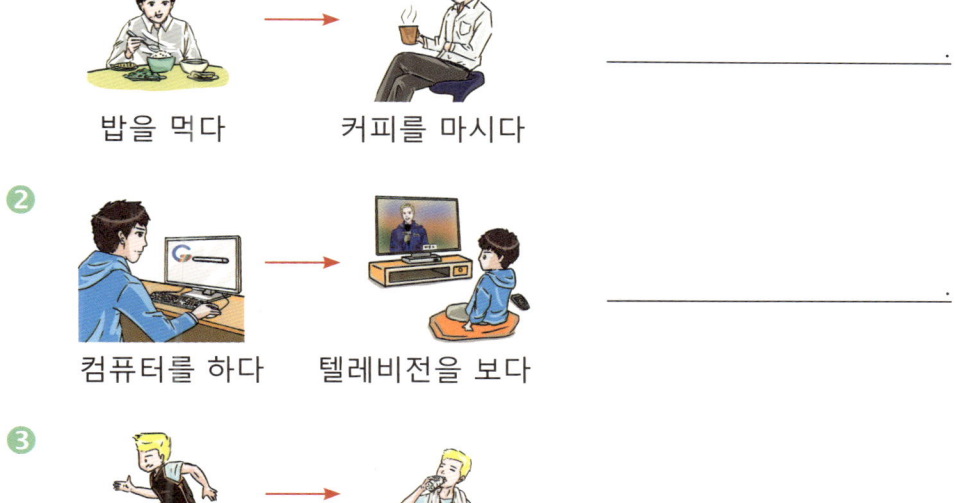

例）

밥을 먹다 → 학교에 가다   밥을 먹고 학교에 가요.   吃飯然後去學校。

❶ 밥을 먹다 → 커피를 마시다   _____.

❷ 컴퓨터를 하다 → 텔레비전을 보다   _____.

❸ 운동하다 → 물을 마시다   _____.

❹ 공부하다 → 자다   _____.

175

聽力與會話

▷ 聽力

1. 請聽音檔對話,並選出正確的時間。 ▶MP3-119

（1） ❶ 4：00
　　　 ❷ 4：30

（2） ❶ 5：00
　　　 ❷ 7：00

（3） ❶ 9：00
　　　 ❷ 6：00

（4） ❶ 7：30
　　　 ❷ 8：00

2. 請聽音檔對話,並選出正確的選項。 ▶MP3-120

（1）웨이링 씨하고 지현 씨는 저녁에 뭐 해요? 瑋玲小姐和智賢小姐晚上做什麼呢？

❶　　　❷　　　❸　　　❹

（2）맞는 것을 고르세요. 請選出正確的選項。

❶ 웨이링 씨는 5시에 수업이 끝나요.
❷ 웨이링 씨하고 지현 씨는 같이 저녁을 먹어요.
❸ 웨이링 씨는 저녁을 먹고 자요.

▷ 對話與敘述

會話 1 ▶MP3-121

지　현 : 웨이링 씨, 뭐 해요?
웨이링 : 버스를 기다려요.
지　현 : 오래 기다렸어요?
웨이링 : 아니요, 5분쯤 기다렸어요.
지　현 : 오전에 수업이 있어요?
웨이링 : 아니요, 오후에 수업이 있어요.
지　현 : 수업이 몇 시부터 시작돼요?
웨이링 : 2시부터 4시까지예요.

會話 2 ▶MP3-122

유　카 : 지호 씨, 뭐 해요?
지　호 : 음악을 들어요.
유　카 : 한국 노래 들어요? 요즘은 누구 노래 들어요?
지　호 : 그냥 다 들어요. 유카 씨는 수업이 끝나고 뭐 해요?
유　카 : 도서관에서 숙제해요.
　　　　지호 씨는요?
지　호 : 저는 아르바이트하고 집에 가요.

요즘	最近
누구	誰
그냥	只是
다	全部、都

敘述 ▶MP3-123

저는 아침 7시에 일어나요.
8시에 학교에 가요.
오전 9시부터 12시까지 수업이 있어요.
12시 반쯤 점심을 먹고 오후에 도서관에 가요.
도서관에서 5시까지 공부해요.
저녁을 먹고 공원에서 걸어요.
밤에는 컴퓨터도 하고 음악도 듣고 11시쯤 자요.

閱讀與寫作

▷ 閱讀

📖 **請看下列圖片並且回答問題。**

| 졸업하다 畢業 |
| 일찍 提早、早 |
| 타다 坐、乘 |
| 야근하다 加班 |

민호 씨는 회사원이에요. 대학을 졸업하고 3월부터 일했어요.

민호 씨는 아침에도 밥을 먹어요. 그래서 일찍 일어나요. 아침 식사를 하고 신문을 읽고 회사에 가요. 민호 씨 회사는 서울에 있어요. 회사까지 보통 지하철을 타요. 출근 시간 서울 지하철에는 사람이 많아요. 아홉 시부터 여섯 시까지 일하고 퇴근해요. 야근도 자주 해요. 평일에는 시간이 없어요. 그래서 보통 주말에는 집에서 쉬어요.

(1) 맞는 것을 고르세요. 請選出正確的選項。

　　❶ 오전 여섯 시 반에 일어나요.　　　　　[○] [×]
　　❷ 아침을 먹고 회사에 가요.　　　　　　[○] [×]
　　❸ 여덟 시부터 일곱 시까지 일해요.　　　[○] [×]
　　❹ 저녁에 친구를 만나고 책을 읽어요.　　[○] [×]
　　❺ 낮 열한 시에 자요.　　　　　　　　　[○] [×]

▷ 寫作

✎ **請試著寫下自己一天的作息。**

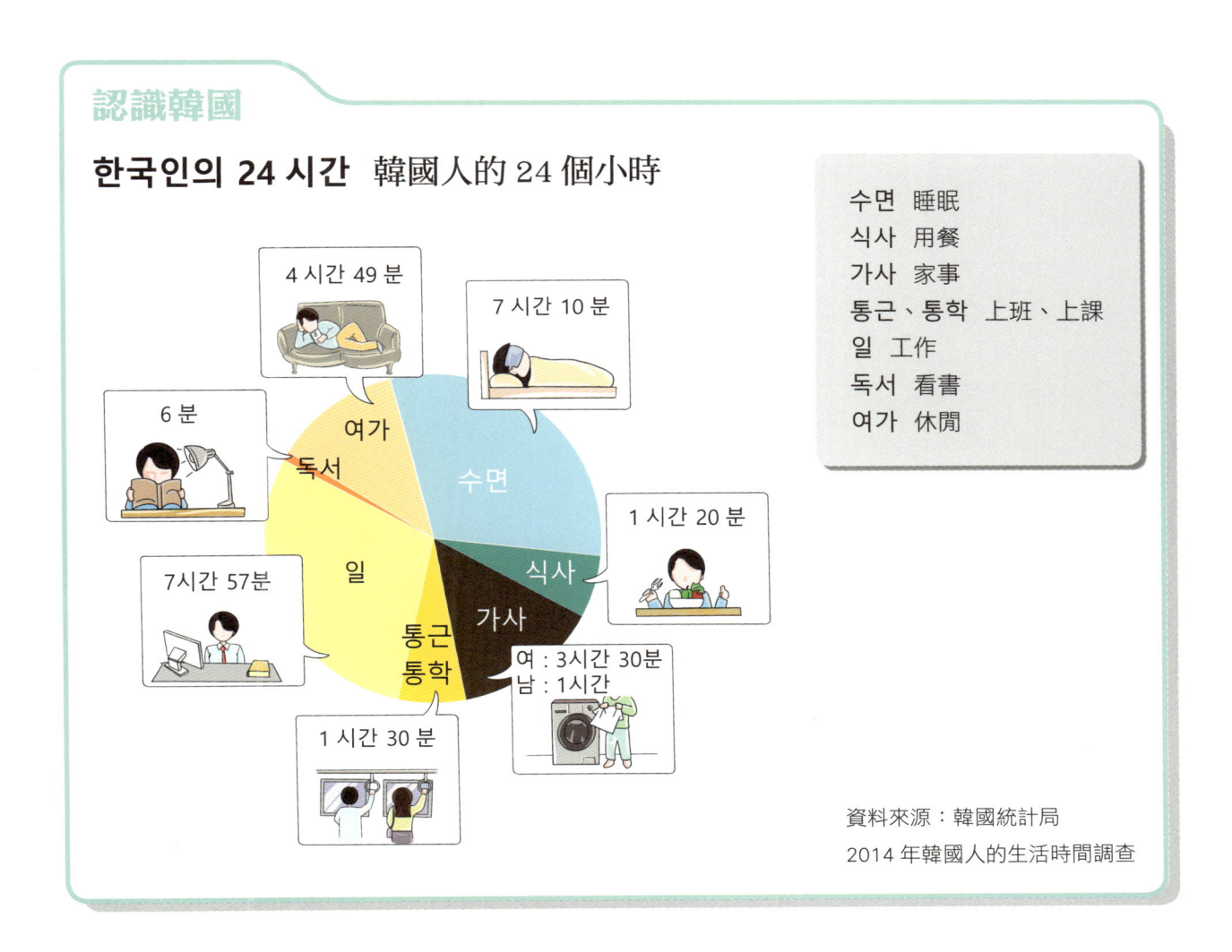

_____
_____
_____
_____
_____
_____
_____
_____

認識韓國

한국인의 24 시간　韓國人的 24 個小時

수면	睡眠
식사	用餐
가사	家事
통근、통학	上班、上課
일	工作
독서	看書
여가	休閒

- 수면 7 시간 10 분
- 여가 4 시간 49 분
- 독서 6 분
- 일 7시간 57분
- 식사 1 시간 20 분
- 가사 여：3시간 30분　남：1시간
- 통근 통학 1 시간 30 분

資料來源：韓國統計局
2014 年韓國人的生活時間調查

發音

몇的發音

「몇」的發音會依照後面連結的發音而產生變化。

練習發音

1. 請聽音檔，並且跟著唸。 ▶MP3-124

몇 월 [며둴] 幾月
몇 일 [며칠] → 며칠 幾日
몇 번 [면뻔] 幾號
몇 개 [면깨] 幾個
몇 잔 [면짠] 幾杯
몇 병 [면뼝] 幾瓶
몇 명 [면명] 幾個人
몇 학년 [며탕년] 幾年級

2. 請聽音檔，並且跟著唸。 ▶MP3-125

❶ 오늘이 몇 월 며칠이에요? 今天是幾月幾號？
　　　　　[며둴]
❷ 전화 번호가 몇 번이에요? 電話號碼是幾號？
　　　　　　　　　[면뻔]
❸ 가족이 몇 명이에요? 有幾個家人？
　　　　　[면명]
❹ A : 몇 학년이에요? 幾年級？
　　　　[며탕년]
　　B : 일 학년이에요. 一年級。
　　　　[일항년]

聽力腳本

第一課　자기소개　自我介紹

聽力

1. 請聽音檔對話，並連接正確的圖案。

① A : 민호 씨는 회사원이에요?
　 B : 네, 회사원이에요.
② A : 에린 씨, 학생이에요?
　 B : 아니요, 저는 선생님이에요.
③ A : 마이클 씨는 어느 나라 사람이에요?
　 B : 미국 사람이에요.
④ A : 메이 씨는 일본 사람이에요?
　 B : 아니요, 저는 중국 사람이에요.

2. 請聽音檔對話，並選出正確的選項。

A : 안녕하세요. 저는 이민호예요.
B : 안녕하세요. 저는 유카예요.
A : 만나서 반갑습니다.
　　유카 씨는 일본 사람이에요?
B : 네, 일본 사람이에요.
　　저는 학생이에요.
　　민호 씨는 학생이에요?
A : 아니요, 저는 회사원이에요.

第二課　일상생활　日常生活

聽力

1. 請聽音檔對話，並連接正確的圖案。

① A : 지금 뭐 해요?
　 B : 커피를 마셔요.
② A : 영화를 봐요?
　 B : 아니요, 영화를 안 봐요.
　　　텔레비전을 봐요.
③ A : 오늘 친구를 만나요?
　 B : 네, 친구를 만나요.
④ A : 도서관에서 뭐 해요?
　 B : 책을 읽어요.

2. 請聽完音檔對話，並選出正確的選項。

A : 웨이링 씨, 지금 뭐 해요?
B : 집에서 한국어를 공부해요.
　　민호 씨는 일해요?
A : 아니요, 오늘은 일 안 해요.
　　커피숍에서 커피를 마셔요.
B : 지금 친구를 만나요?
A : 아니요, 책을 읽어요.

第三課　날짜와 요일　日期與星期

聽力

1. 請聽音檔對話，並寫出正確的日期。

① A : 오늘이 몇 월 며칠이에요?
　 B : 6월 15일이에요.
② A : 오늘이 며칠이에요?
　 B : 10월 10일이에요.
③ A : 생일이 언제예요?
　 B : 제 생일은 7월 27일이에요.
④ A : 지현 씨, 언제 한국에 가요?
　 B : 3월 14일에 가요.

2. 請聽音檔對話，並選出正確的選項。

① A : 웨이링 씨, 주말에 뭐 해요?
　 B : 친구를 만나요.
　　　토요일이 친구 생일이에요.
　　　같이 생일 파티를 해요.
② A : 언제 한국어 수업을 들어요?
　 B : 화요일하고 목요일에 한국어 수업을 들어요.
③ A : 지현씨, 한국 뉴스를 자주 들어요?
　 B : 아니요, 한국 뉴스를 안 들어요. 그렇지만 한국 음악을 자주 들어요.
④ A : 어디에서 산책해요?
　 B : 공원에서 자주 걸어요.

第四課 위치 位置

聽力

1. 請聽音檔內容，並選出正確的選項。

① 책상 앞에 의자가 있어요.
② 책상 위에 컴퓨터하고 시계가 있어요.
③ 의자 위에 가방이 있어요.
④ 볼펜이 노트하고 지갑 사이에 있어요.

2. 請聽音檔對話，並選出正確的選項。

A : 지현 씨, 오늘 뭐 해요?
B : 백화점에 가요.
　　유카 씨하고 백화점에서 만나요.
A : 유카 씨는 지금 어디에 있어요?
B : 도서관에 있어요.
　　웨이링 씨는 어디에 가요?
A : 저는 우체국에 가요.
B : 우체국이 어디에 있어요?
A : 우리 학교 뒤에 있어요.

第五課 물건사기 買東西

聽力

1. 請聽音檔對話，並連接正確的圖案。

① A : 어서 오세요.
　　　뭘 드릴까요?
　 B : 커피 두 잔하고 빵 세 개 주세요.
② A : 샌드위치 있어요?
　 B : 네, 있어요.
　　　몇 개 드릴까요?
　 A : 샌드위치 두 개하고 커피 한 잔 주세요.
③ A : 도시락 있어요?
　 B : 죄송합니다. 지금 도시락은 없어요.
　 A : 그럼 삼각김밥 두 개 주세요.
　 B : 여기 있어요.
④ A : 샌드위치 주세요.
　 B : 죄송합니다. 지금 샌드위치가 없어요.
　 A : 그럼 빵은 있어요?
　 B : 네, 있어요.
　 A : 그럼 빵 한 개하고 주스 한 병 주세요.

2. 請聽音檔對話，並選出正確的選項。

종업원 : 어서 오세요. 뭘 드릴까요?
웨이링 : 빵 있어요?
종업원 : 네, 있어요.
웨이링 : 커피도 있어요?
종업원 : 네, 있어요.
웨이링 : 그럼 빵 두개하고 커피도 두 잔 주세요.
　　　　얼마예요?
종업원 : 모두 만 삼천사백 원이에요.

第六課 하루일과 日常作息

聽力

1. 請聽音檔對話，並選出正確的時間。

① A : 지금 몇 시예요?
　 B : 4시 반이에요.
② A : 몇 시에 일어나요?
　 B : 오전 7시에 일어나요.
③ A : 몇 시부터 일해요?
　 B : 9시부터 6시까지 일해요.
④ A : 몇 시에 학교에 가요?
　 B : 7시 30분에 아침을 먹고 8시에 학교에 가요.

2. 請聽音檔對話，並選出正確的選項。

A : 웨이링 씨, 몇 시에 수업이 끝나요?
B : 5시에 끝나요.
A : 수업이 끝나고 뭐 해요?
B : 청소하고 요리해요.
　　지현 씨는 저녁에 뭐 해요?
A : 저녁을 먹고 산책해요.
　　웨이링 씨는요?
B : 저도 밥을 먹고 공원에서 좀 걸어요.

解答

PART I 有趣的韓語發音

第一課　單母音與平音（基本子音）

（一）單母音

聽聽看 P.24

練習 1 請聽音檔，並選出聽到的發音。

(1) ① 아　　　　(2) ① 오
(3) ② 이　　　　(4) ① 어
(5) ② 우　　　　(6) ② 애
(7) ② 으　　　　(8) ① 에

練習 2 請聽音檔，並選出聽到的發音。

(1) ② 어우　　　(2) ② 으이
(3) ② 이에　　　(4) ① 오어
(5) ② 우애　　　(6) ② 아우
(7) ① 오이　　　(8) ② 우어

（二）平音（基本子音）

聽聽看 P.31

練習 1 請聽音檔，並選出聽到的發音。

(1) ① 고　　　　(2) ① 너
(3) ① 다　　　　(4) ① 로
(5) ② 부　　　　(6) ② 래
(7) ① 시　　　　(8) ② 서
(9) ② 버　　　　(10) ① 호
(11) ① 조　　　(12) ① 새

練習 2 請聽音檔，並選出聽到的單字。

(1) ① 고기　　　(2) ③ 지도
(3) ③ 어머니　　(4) ① 가수
(5) ③ 구두　　　(6) ① 머리
(7) ② 모자　　　(8) ① 다리
(9) ② 비누　　　(10) ② 부모
(11) ② 노래　　(12) ② 오후

第二課　複合母音 I 與激音（送氣音）

（一）複合母音 I

聽聽看 P.36

練習 1 請聽音檔，並選出聽到的發音。

(1) ② 야　　　　(2) ② 여
(3) ② 요　　　　(4) ① 우
(5) ② 예　　　　(6) ② 유
(7) ② 얘　　　　(8) ② 여

練習 2 請聽音檔，並選出聽到的單字。

(1) ② 요구　　　(2) ② 여우
(3) ① 여가　　　(4) ① 여기
(5) ② 유리　　　(6) ② 애기

（二）激音（送氣音）

聽聽看 P.41

練習 1 請聽音檔，並選出聽到的發音。

(1) ② 카　　　　(2) ② 초
(3) ② 파　　　　(4) ① 도
(5) ② 커　　　　(6) ② 치

練習 2 請聽音檔，並選出聽到的單字。

(1) ② 커피　　　(2) ③ 기차
(3) ② 주차　　　(4) ① 파티
(5) ② 치마　　　(6) ① 두부
(7) ② 케이크　　(8) ③ 아이스티

第三課　複合母音 II 與硬音（雙子音）

（一）複合母音 II

聽聽看 P.46

練習 1 請聽音檔，並選出聽到的發音。

(1) ② 왜　　　　(2) ① 우에
(3) ② 와　　　　(4) ① 우어
(5) ① 의　　　　(6) ① 왜
(7) ① 웨　　　　(8) ② 워

183

練習 2 請聽音檔，並選出聽到的發音。

（1）① 도와요　　（2）② 과자
（3）② 왜와요　　（4）① 쥐
（5）② 교외　　　（6）② 의사

（二）硬音（雙子音）

聽聽看 P.49〜50

練習 1 請聽音檔，並選出聽到的發音。

（1）① 꺼　　（2）② 디
（3）① 빠　　（4）② 싸
（5）② 자　　（6）① 찌
（7）② 파　　（8）① 또

練習 2 請聽音檔，並選出聽到的單字。

（1）③ 토끼　　（2）② 꼬마
（3）① 또　　　（4）② 코끼리
（5）② 오빠　　（6）① 바빠요
（7）② 아저씨　（8）③ 차요

第四課　收尾音

（一）7 個收尾音（終聲）

聽聽看 P.58

練習 1 請聽音檔，並選出聽到的發音。

（1）① 안　　（2）② 응
（3）① 악　　（4）① 입
（5）② 랑　　（6）① 간
（7）① 님　　（8）② 십
（9）② 발　　（10）② 병

練習 2 請聽音檔，並選出聽到的單字。

（1）② 팔　　　（2）① 안경
（3）③ 지하철　（4）② 책
（5）③ 감정　　（6）② 빵
（7）① 선생님　（8）② 침대
（9）① 핸드폰　（10）① 음식
（11）① 한국　　（12）③ 집

PART II 有趣的韓語課

第一課　자기소개　自我介紹

字彙練習

1. ① 미국 사람 ② 영국 사람 ③ 독일 사람
　④ 호주 사람 ⑤ 일본 사람 ⑥ 중국 사람
2. ① 선생님 ② 학생 ③ 회사원 ④ 군인
　⑤ 기자 ⑥ 의사 ⑦ 가수 ⑧ 요리사

文法與表現

1. 인사말（打招呼）
1. 안녕하세요? / 안녕히 가세요. / 안녕히 계세요. / 만나서 반갑습니다.
2. 안녕하세요? / 안녕하세요? / 안녕히 계세요. / 안녕히 가세요.

2. N이에요/예요（是N）
1. ① 예요 ② 예요 ③ 이에요 ④ 이에요
2. ① 이에요 ② 이에요 ③ 예요 ④ 이에요

3. N은/는（補助詞）
1. ① 는 ② 은 ③ 은 ④ 는
2. ① 은 ② 은 ③ 는 ④ 는
3. ① 안나는 독일 사람이에요
　② 유카는 일본 사람이에요
　③ 마이클은 학생이에요
　④ 왕웨이는 요리사예요

聽力

1. ① ⓓ ② ⓒ ③ ⓐ ④ ⓑ
2. ③

閱讀

（1）김민정이에요.
（2）한국 사람이에요.
（3）대학생이에요.

第二課 일상생활 日常生活

字彙練習

1. ① ⓒ ② ⓕ ③ ⓑ ④ ⓐ ⑤ ⓓ ⑥ ⓗ ⑦ ⓔ ⑧ ⓖ
2. ① 집 ② 백화점 ③ 편의점 ④ 커피숍 ⑤ 식당 ⑥ 회사 ⑦ 도서관 ⑧ 극장 ⑨ 학교
   ⓐ노래방 ⓑ찜질방 ⓒPC방 ⓓ만화방

文法與表現

1. V-아요/어요/해요（動詞的現在式）

1.

母音ㅏ、ㅗ → ㅏ요		其他母音 → ㅓ요		하다 → 해요	
사다	사요	먹다	먹어요	일하다	일해요
자다	자요	읽다	읽어요	공부하다	공부해요
만나다	만나요	마시다	마셔요	숙제하다	숙제해요
보다	봐요	배우다	배워요	운동하다	운동해요

2. N을/를（受格助詞、賓格助詞）

1. ① 을 ② 를 ③ 을 ④ 를

3. N에서（在N）

1. ① 식당에서 ② 극장에서 ③ 회사에서 ④ 편의점에서
2. ① 커피숍에서 커피를 마셔요/
   커피숍에서 친구를 만나요/
   커피숍에서 빵을 먹어요
   ② 도서관에서 공부를 해요/
   도서관에서 책을 읽어요/
   도서관에서 숙제를 해요
   ③ 집에서 자요/
   집에서 텔레비전을 봐요/
   집에서 밥을 먹어요
   ④ 학교에서 공부를 해요/
   학교에서 친구를 만나요/
   학교에서 책을 읽어요

4. 안+V（不；沒V）

1. ① 커피를 안 사요 ② 일을 안 해요
   ③ 숙제를 안 해요 ④ 안 자요
2. ① 밥을 안 먹어요/빵을 먹어요
   ② 커피를 안 마셔요/주스를 마셔요
   ③ 신문을 안 읽어요/책을 읽어요
   ④ 텔레비전을 안 봐요/영화를 봐요

聽力

1. ① ⓒ ② ⓓ ③ ⓐ ④ ⓑ
2. (1) ③ (2) ③

閱讀

(1) 찜질방에서 놀아요
(2) ① × ② × ③ × ④ ○

第三課 날짜와 요일 日期與星期

字彙練習

1. ① 육사이의 사사구이
   ② 칠육이의 구이오공/칠육삼의 구이오공
   ③ 삼구일의 구칠공삼
   ④ 삼구육의 오삼삼이에요
   ⑤ 공일공의 삼오삼구의 오오이구예요

2.

Sunday	Monday	Tuesday	Wednesday	Thursday	Friday	Saturday
일요일	월요일	화요일	수요일	목요일	금요일	토요일
5월	1 일	2 이	3 삼	4 사	5어린이날 오	6 육
7 칠	8어버이날 팔	9 구	10 십	11 십일	12 십이	13 십삼
14 십사	15스승의날 십오	16 십육	17 오늘 십칠	18 십팔	19 십구	20 이십
21 이십일	22 이십이	23 이십삼	24부처님오신날 이십사	25 이십오	26 이십육	27 이십칠
28 이십팔	29 이십구	30 삼십	31 삼십일			

3. ① 월 ② 일 ③ 월/일 ④ 월/일 ⑤ 토요일 ⑥ 월/일/수요일

文法與表現

1. N이/가（主格助詞）

1. ① 이 ② 이 ③ 이 ④ 가
2. ① 이, 은 ② 가, 는 ③ 이, 은 ④ 가, 는

2. 몇（幾）

1. ① 삼구삼의(에) 사오칠구
   ② 이구일공의(에) 구팔오팔
   ③ 공일공의(에) 팔구육삼의(에) 일이삼사
   ④ 공이의(에) 팔칠육오의(에) 사삼이일
3. ① 삼월 사일 ② 유월 육일 ③ 팔월 십칠일
   ④ 시월 십일 ⑤ 십일월 삼십일 ⑥ 십이월 이십오일

3. N에（N的時候〔時間〕）

1. ① 에 운동해요
   ② 에 친구를 만나요
   ③ 에 한국어 공부해요
   ④ 에 아르바이트해요
   ⑤ 에 옷을 사요
   ⑥ 에 영화를 봐요

2. ① 에 ② 에 ③ × ④ 에 ⑤ × ⑥ 에

4. ㄷ불규칙（ㄷ不規則）

1.

	아/어요	(으)세요
듣다	들어요	들으세요
걷다	걸어요	걸으세요

2. ① 들어요
   ② 들으세요
   ③ 들어요
   ④ 걸어요

聽力

1. ① 6, 15 ② 10, 10 ③ 7, 27 ④ 3, 14
2. ① × ② ○ ③ × ④ ○

閱讀

（1）5월 8일이에요.
（2）① × ② ○ ③ × ④ ○

第四課 위치 位置

字彙練習

1. ① 모자 ② 안경 ③ 시계 ④ 신문 ⑤ 가방
   ⑥ 컴퓨터 ⑦ 책상 ⑧ 책 ⑨ 노트 ⑩ 볼펜
   ⑪ 지갑 ⑫ 휴대폰 ⑬ 우산 ⑭ 의자
2. ① 가게 ② 지하철역 ③ 병원
3. ① 컴퓨터/컴퓨터 ② 휴대폰/휴대폰 ③ 모자
   ④ 의자/의자 ⑤ 안경 ⑥ 지갑

文法與表現

1. N이/가 있어요/없어요（有/沒有N）

1. ① 이 ② 이 ③ 이 ④ 가
2. ① 있어요 ② 있어요 ③ 없어요 ④ 없어요

3. N위/아래/앞/뒤/안/밖/옆/사이（N上面/下面/前面/後面/裡面/外面/旁邊/之間）

1. ① 위 ② 아래 ③ 앞 ④ 뒤/밖

4. N에 가요/와요（去/來N）

1. ① 도서관에 가요 ② 은행에 가요
   ③ 우체국에 가요 ④ 편의점에 가요

聽力

1. ① ○ ② × ③ × ④ ○
2. ① ⓒ ② ⓐ

閱讀

（1）신촌에 있어요
（2）① ○ ② × ③ ○ ④ ×

第五課 물건사기 買東西

字彙練習

1.

하나	둘	셋	넷	다섯
천 원	이천 원	삼천 원	사천 원	오천 원
여섯	일곱	여덟	아홉	열
육천 원	칠천 원	팔천 원	구천 원	만 원

2. ① 도시락 ② 우유 ③ 컵라면 ④ 커피
   ⑤ 샌드위치 ⑥ 콜라 ⑦ 빵 ⑧ 삼각김밥

文法與表現

1. V-(으)세요（請V）

1.

V	-세요	V	-세요	V	-으세요
가다	가세요	기다리다	기다리세요	읽다	읽으세요
보다	보세요	쉬다	쉬세요	앉다	앉으세요
주다	주세요	숙제하다	숙제하세요	웃다	웃으세요

2. ① 공부하세요 ② 쉬세요 ③ 앉으세요 ④ 주세요/기다리세요

2. N하고、와/과（和N）

1. ① 와 ② 와 ③ 과 ④ 과

3. 單位N（量詞）：개/병/잔/명（個、瓶、杯、名）

1. ① 한 병 ② 세 개 ③ 다섯 개 ④ 여섯 잔
3. ① 천삼백 원 ② 삼천육백 원 ③ 오천칠백 원
   ④ 만천구백 원 ⑤ 이만삼천사백 원 ⑥ 만팔백 원
   ⑦ 십일만천 원 ⑧ 십이만삼천사백 원 ⑨ 오십육만칠천팔백 원

聽力

1. ① ⓑ ② ⓐ ③ ⓓ ④ ⓒ
2. （1）④ （2）①

閱讀

（1）칠천 원이에요
（2）① × ② ○ ③ ○

第六課 하루일과 日常作息

字彙練習

1. （1）열두 시 （2）한 시 （3）두 시
   （4）세 시 （5）네 시 （6）다섯 시
   （7）여섯 시 （8）일곱 시 （9）여덟 시
   （10）아홉 시 （11）열 시 （12）열한 시
2. （1）여덟 시 （2）오후 세 시 삼십 분
   （3）열 시 십 분 （4）저녁 일곱 시 오십 분
   （5）네 시 사십 분 （6）열두 시 오 분
3. （1）일어나요 （2）오전, 아침 （3）아홉
   （4）점심 （5）여섯 （6）식사해요
   （7）여덟 （8）열한

文法與表現

2. N부터 N까지（從N到N）

1. ① 두 시부터 네 시까지 공부해요
   ② 세 시부터 다섯 시 삼십 분까지 컴퓨터해요
   ③ 여덟 시부터 아홉 시까지 청소해요
   ④ 여섯 시부터 여덟 시까지 친구를 만나요
   ⑤ 아홉 시부터 열한 시까지 한국어를 배워요
   ⑥ 일곱 시 반부터 여덟 시 반까지 산책해요
2. ① 화요일부터 금요일까지예요
   ② 팔 월 사 일부터 삼십일일 일까지예요
   ③ 열두 시부터 한 시까지예요
   ④ 아홉 시 반부터 열한 시 반까지예요

3. V–았어요/었어요/했어요（動詞的過去式）

1.

母音 ㅏ、ㅗ → 았어요		其他母音 → 었어요		하다 → 했어요	
가다	갔어요	쉬다	쉬었어요	일하다	일했어요
사다	샀어요	먹다	먹었어요	공부하다	공부했어요
자다	잤어요	읽다	읽었어요	숙제하다	숙제했어요
만나다	만났어요	마시다	마셨어요	운동하다	운동했어요
보다	봤어요	배우다	배웠어요	쇼핑하다	쇼핑했어요

2. ① 텔레비전을 봐요
      텔레비전을 봤어요
   ② 친구를 만나요
      친구를 만났어요
   ③ 책을 읽어요
      책을 읽었어요
   ④ 커피를 마셔요
      커피를 마셨어요
   ⑤ 운동해요
      운동했어요
   ⑥ 일해요
      일했어요

4. V고（V然後）

1.

가다	가고	마시다	마시고	일하다	일하고
사다	사고	배우다	배우고	공부하다	공부하고
만나다	만나고	먹다	먹고	숙제하다	숙제하고
보다	보고	읽다	읽고	운동하다	운동하고

2. ① 밥을 먹고 커피를 마셔요
   ② 컴퓨터를 하고 텔레비전을 봐요
   ③ 운동하고 물을 마셔요
   ④ 공부하고 자요

聽力

1. （1）② （2）② （3）① （4）②
2. （1）④ （2）①

閱讀

（1）① ○ ② ○ ③ × ④ ○ ⑤ ×

國家圖書館出版品預行編目資料

新版 有趣的韓語課 1 / 金家絃著
-- 修訂初版 -- 臺北市：瑞蘭國際, 2025.08
192面；21×29.7公分 --（外語學習系列；150）
ISBN：978-626-7629-75-8（平裝）
1. CST：韓語 2. CST：讀本

803.28　　　　　　　　　　　　　　　　114009222

外語學習系列 150

新版 有趣的韓語課 1

作者｜金家絃
責任編輯｜潘治婷、王愿琦
校對｜金家絃、潘治婷、王愿琦

韓語錄音｜金家絃、王詩澐、高俊江、趙叡珍
錄音室｜采漾錄音製作有限公司、純粹錄音後製有限公司
封面設計、版型設計、內文排版｜陳如琪
美術插畫｜Nic W.
嘴形圖及口腔圖｜吳晨華

瑞蘭國際出版
董事長｜張暖彗‧社長兼總編輯｜王愿琦
編輯部
副總編輯｜葉仲芸‧主編｜潘治婷‧文字編輯｜劉欣平
設計部主任｜陳如琪
業務部
經理｜楊米琪‧主任｜林湲洵‧組長｜張毓庭

出版社｜瑞蘭國際有限公司‧地址｜台北市大安區安和路一段 104 號 7 樓之 1
電話｜(02)2700-4625‧傳真｜(02)2700-4622‧訂購專線｜(02)2700-4625
劃撥帳號｜19914152 瑞蘭國際有限公司
瑞蘭國際網路書城｜www.genki-japan.com.tw

法律顧問｜海灣國際法律事務所　呂錦峯律師

總經銷｜聯合發行股份有限公司‧電話｜(02)2917-8022、2917-8042
傳真｜(02)2915-6275、2915-7212‧印刷｜科億印刷股份有限公司
出版日期｜2025 年 08 月初版 1 刷‧定價｜580 元‧ISBN｜978-626-7629-75-8

◎ 版權所有‧翻印必究
◎ 本書如有缺頁、破損、裝訂錯誤，請寄回本公司更換

PRINTED WITH SOY INK　本書採用環保大豆油墨印製